風神帖

エッセー集成 1

池澤 夏樹

みすず書房

風神帖

エッセー集成1

目次

I

I

こころの風景

「朝日新聞」2004・1・5–14

1　山の遠さ

生地は人を規定する。

ぼくの場合、北海道で生まれたことが人生の基盤になった。最初に知った風景は人生で見るすべての風景の原器である。

帯広の、駅から徒歩で十分ほどのところにある病院の寄宿舎が三歳で初めて意識した我が家だった。キシュクシャと覚えたが、実際には看護婦寮に付随した家族向けの一角。

北海道は市街地でも隙間が多い。道が広く、家も敷地が広く取ってあって、互いに離れている。後に東京に出てからそれを知った。東京は軒を接する密集の地だ。

帯広では山も遠かった。十勝平野は日本第二の広い平地で、日高山系も十勝岳も何十キロも先にある。広尾線の線路に沿って南に向かうと、どこまで行ってもなだらかな丘の連なりばかり。だから内地に初めて行った時は、青森からの東北本線で、山が車窓に迫っていることに驚いた。狭い谷間を延々と走り、トンネルを抜け、鉄橋を渡る。見えるものはみな視線の先数十メートルのところにある。長い旅の果てに着いた上野駅では、すべては数メートル先にあった。

十数年前にサハリンに行った時、風景の懐かしさに胸を打たれた。ある時期から日本は高度経済成長の軌道に乗り、景観が大きく変わった。何もかもがアルミとプラスチックのピカピカの質感を帯びるようになった。その分だけ、人と人の距離が広がった。

サハリンには、ぼくが子供の頃の木造の帯広が残っていた。人柄もまた昔に同じだった。

2　明治の斧

北海道は父祖の地である。敢えて正確を期するとすれば、母祖の地。

ぼくの母方の祖先は明治の初期に淡路島から日高に入植した。後に静内と呼ばれる土地に牧場を開き、しばらくは栄えて、やがて没落した。

その経緯をあることないこと子供の頃から聞かされるうちに、ぼくの中に一種の家庭内伝説が育った。作家としてこれを書かないわけにはいかない。そう思って事実を探り、想像を広げ、二〇〇一年夏から一年あまりかけて『静かな大地』を朝日新聞に連載した。

この仕事のおかげで静内の人々と縁が生まれた。去年の十月に何度目かに訪れた時、曾祖父の兄、原條新次郎が経営していた牧場はここだったという場所に立つことができた（新次郎は小説の中では宗形三郎）。

周囲の丘の形は当時と変わっていないはずだと思うと、百二十年を隔てた感慨が迫った。この丘を見ながら、彼らはここに牧場を開くことを決意したのか。

感慨はそれだけではない。近所に住んでこの土地の由来に詳しい半田さんが、この夏に土中から出現したという斧をぼくに下さった。「原條さんの屋敷跡から出たものだ。その後はここに住んだ人はいないから、原條さんのものに間違いないよ」と言われて、斧を受け取った。

柄はもとより朽ちて無いけれど、鉄の頭は重さ一・五キロ。錆びていても、ずっしりと重い。瀬戸内から北海道に移った生活の厳しさを実感する重さだった。

3　パピルスとアカシア

人は会えなくなってから懐かしさが増す。風景も同じことだ。今は行けないという土地に対して思いが募る。

一九七八年の一月からしばらく、ぼくはアフリカを旅した。旅のプランは、ナイル河に沿ってできるかぎり陸路で南下するというものだった。エジプトで地中海に注ぐ河口を見てからカイロに戻り、汽車に乗ってスーダンを目指した。

アスワン・ハイ・ダムが完成した八年後だったから、スーダンとの国境はナセル湖を船で渡ることになった。再び汽車に乗って沙漠の中を首都ハルトゥームへ向かう。

その先は線路がない。道路もない。国営鉄道が経営する連絡船がいちばん南のジュバとの間を結んでいる。時刻表には出発から到着まで十一日と書いてある。時間からいうと世界で最も長い公共交通機関だ。

いくつにも分岐するナイル水系を用心ぶかく辿って遡上する。しばらくすると、周囲は見渡すかぎりパピルスの湿原になった。金魚藻を百倍に大きくしたようなあの草が地平線まで埋め尽くしている。そこを割って、船の幅の倍くらいの狭い水路がうねうねと伸びる。時には袋小路で戻るしかなくなる。

湿原の彼方にときおりアカシアの木が見えた。地形があまりにフラットなので、木があるだけでも救われた気がした。

数日の後、また人が住む土地に出た。

今、スーダンは政治的にすっかり荒廃してしまって、南部に旅人は入れない。もう一度あの風景を見られるようになるのはまだまだ先のことだろう。

4　失われた遺跡

今までずいぶん旅をしてきたけれど、ぼくの旅は研究でも視察でもなく、観光である。「光を観《み》る」という、のんきな旅。

行ったところの大半はその気になればまた行ける。今はどの国も観光事業をだいじにしている。ここ数年は遺跡を見ることが多かったが、どこも整備が行き届き、外国人旅行者を歓迎してくれた。再訪は容易だ。

だが、例外がないわけではない。イラクには今は行けない。

二〇〇二年の十一月、戦争の兆しの中でも、イラクの遺跡は平穏だった。時期が時期だけに観光客は少なかったけれど、発掘と修復は着実に行われていた。ニムルドでは十日前に出土したばかりの小さな人面有翼牡牛像を穴の中の現場で見た。バビロンでも宮殿の修復作業が進められていた。

ハトラの遺跡は特におもしろかった。イラクの遺跡の多くはアッシリアなどメソポタミア文明のものだが、ハトラはずっと後、紀元一世紀ごろ栄えたアラブ系の交易都市である。アーチを用いた建物がいくつも残っていて、グレコ・ローマン文化の影響が濃い。

アッシリアの彫刻は王権を誇示するという意図が露骨で、表情もこわばっているが、ハトラの像はずっと人間らしかった。この町の象徴だった鷲もいきいきして、翼をふくらました姿は今にも飛び立ちそう。

アメリカの攻撃で遺跡には行けなくなり、発掘と修復は中断され、遺物は失われた。ぼくは無念に思うけれど、イラクの人々の喪失感はもっとずっと深いだろう。

5　島影を追う

島というものが好きだ。

最初の詩集も最初の小説も島がテーマだった。それから今までに書いた作品の大半がどこかで島に関わっている。

十年前に沖縄に移住した理由も、結局のところ、ここが島だからということだったと今にして思う。周囲がすっかり海という場所にいると元気になる性格らしい。

沖縄で最もあこがれたのが久高島だった。本島南部の太平洋側にあって、琉球文化圏ぜんたいの精神的な原郷である聖なる島。

首里の王府からは真東に当たり、太陽はこの島から昇った。王家の祭祀の基準点がこの島であった。イザイホーという複雑で崇高な儀式が四年ごとに行われていた。

沖縄に移り住んで三年の後、ぼくは家を建てようと思い立った。場所は久高島が見えるところにしたい。こういうことは縁だから、こちらの一方的な思いだけでは実現しないものだが、たまたま土地が見つかった。

かくして、久高島を東に見る家に住んで五年になる。家を建てる際、一世一代の贅沢のつもりで、島を見るための部屋を造った。電気を引かず、家具を置かず、ただ島を眺めてものを思う。春分と秋分の頃には島から日が昇る。月の出もまた美しい。

しかし五年にして島影は失われることになった。野中の一軒家だったのだが、間近に隣家が建って島への視線は遮られた。これはもう諦めるしかない。

そろそろ島を出なさいと神々が言っているのかとも思う。

モノの名について

山本容子版画集『静物画』所収 2004・5

名前のことが気になっている。人の名や地名ではなく、世の中のさまざまなモノについた名。一般名詞。

人が作った器具や概念の名は理屈だからあまりおもしろくない。「全自動洗濯機」なんて、分解していけばバラバラになってしまう。「燭台」も「写真」も「新聞」も漢字二つを分けてしまうともう日本語としての意味は消滅する。

興味があるのは自然界の諸物に振られた名である。

これも分けられる場合は分けたところで納得するから、それ以上はなかなか追求する意欲が湧かない。

キツネノボタンは「狐の牡丹」と言われるとなるほどと思う。牡丹という文字は中国直輸入だからその先は探索し得ない。この野草がキンポウゲ科だと知って、ではキンポウゲは何かというと、これも「金鳳花」という漢字に行き着いて終わり（花をゲと読むのは呉音か）。

　エノコログサがちょっとおもしろいのは、今のぼくたちがエノコロが何か知らないからで、辞書によればこれは犬の仔のことだそうだ。エノコとかエノコロと言う。「狗児」という字を当てるらしい。

　動物や植物はなにしろ種類が多いし、新種には名を付けることになっているから、発見者は頭をひねる。分類が進むにつれて特徴をいくつも重ねて名は長くなる。だから甲虫の一種はリュウノイワヤツヤムネハネカクシと呼ばれる。

　あるいは、命名の際に開き直って連想に頼るという場合もある。派手なウミウシの一種にハナデンシャという名を付けたり、ウニの一種をカシパンと呼ぶ（本当に甘食《あましょく》に似ているのだ）。別のウニにはブンブクチャガマという名がついた。昔、三崎の臨海実験所にそういう命名の好きな技手がいたという伝説を聞いたのだが、あれは本当だろうか？

　連想を複合的にすると深海魚がリュウグウノツカイになるし、イソギンチャクの仲間がオトヒメノハナガサと呼ばれる。そのイソギンチャクは「磯巾着」だ。ぼくの知人は子供のころイソギチャンクと覚えていたという。仮名表記の字を読み違えて、急いで閉じるの意だと思ったらしい。耳から聞いて覚えればこういう間違いは起こらない。

　スベスベマンジュウガニという蟹がいるが、これなどは形そのままでわかりやすい（「地域によっては強い毒性を持つので要注意」と図鑑にあった）。

もともとは何か理由があったはずなのに、付いた名からはその理由がわからないものも多い。メジロザメの仲間にはヨゴレとか、ホコサキ、ドタブカ、ヤジブカ、などなど、謎めいた命名が多い。漁師たちが使っていた地方名が和名に格上げされたのかもしれない。

最近になって気が付いたのだが、リスというのは本来の日本語、というか大和言葉ではない。栗鼠をリッソと音読みして、それが訛ったものだ。それはそれでいいが、では本来この動物は日本で何と呼ばれていたのだろう？　キネズミという言葉はあるけれど、この列島に住んだ人々がまだ狩猟採集で暮らしていた頃から身辺にいて、よく見かけて、親しかったはずの動物の名がなぜ木とネズミの複合なのか？

それを言うなら、漢字でもなぜ栗の鼠なのかという問いも湧いてくる。一字であの動物を指す漢字はない（貘《ばく》という字さえあるのに）。中国大陸の人々にとってもあれは親しい動物ではなかったということか。

それはそれとして、本当にわからないものはどうすればいいだろう。ハマグリは浜栗だからわかる。ではアサリとはどういう意味か？　サザエは？　タニシは田の螺だからだというが、ではなぜ螺はニシと呼ぶのか？　あるいは蜷はどうしてニナなのか？

身近なもの、基本的なものほど語源がたどれない。木の名前で考えてみよう――

マツ　松
スギ　杉
クス　楠
ヒ　檜
カバ　樺
トド　椴

マツをなぜマツと呼んだのか。それぞれ日本語としての音の由来には説明がないのだ。いつも寝ているから「寝る子」からネコになった、という類の民間語源論があるけれど、猫の属性は寝るだけではない。他を排してその点にばかり注目した理由は何か。

基本語彙の語源は本当は問うてはいけないのかもしれない。地面の高いところがヤマと呼ばれ、常に水が流れるところがカワと呼ばれることの理由を聞いてはいけない。日本語の起源に遡って、例えばタミル語であるなどと説を立てても、それで語源が明らかになるわけではない。問いはただそちらへ持ち越されるだけだ。

モノの名は懐かしい。それは言葉を辿ってぼくたちの意識がずっと遠い昔へと導かれるからで、ヤマやウミやシオ（シホ）が遥か昔から使われていたから、ススキやタデやヨモギを踏んで人々は獣を狩っていたから、その頭上にはツルやタカやサギが飛んでいたから、だからこれらの言葉は懐かしい。そういう名を付けたのは神々であったと言ってしまうのが、そこで探索を諦めるのが、たぶん正しいのだろう。ヤマがヤマと呼ばれることには意味や理由はない。

すなわち、言葉のはじまりは神の領域に属する。

体重が八貫目だった頃

同『静物画』所収 2004・5

子供の頃のことを思い出してみると、日々の暮らしの質感が今とはずいぶん違っていたことに気づく。

人の性格やふるまいのことは措こう。このところ気になっているのはモノだ。特に道具類。かつてモノはずっとぼくたちの近くにいた。使い慣れた道具をなくすまいと人は真剣だったし、モノの方も迷子になっては大変だと必死で人にしがみついていた。箒にしても、包丁にしても、下敷きでもナイフでも、箸一膳まで、昔のモノはやわだったからすぐに使い癖が付き、傷が付き、新品とは違うものになって、自分専用という感じが出た。

だいたいモノが少なかったのだ。だから一つ一つが大事に思われ、後になってもよく覚えている。あの頃に頭を向けると、ぼんやりとした薄明の世界のあちこちに道具類が点々と散っているようで、少し切ない思いがする。

人は別れてもそれぞれに生きてゆくから、また会うこともあるし、そうでなくともお互いさま。しかしモノはこちらの手を離れたらその先はまず無いわけで、他人に拾われて使われれば本当に幸運、たいていの場合は土の上に落ちて、泥にまみれて、やがて朽ちていったのだろう。もう今はどこにもない。だから切ない。

自分専用の道具の典型的な例――剣玉は剣と、皿が二つある臼状の部分と、玉から成っている。買ったばかりの時は、剣と臼を組み合わせた部分と玉が凧糸で繋いであり、糸は細い釘を曲げたようなピンで留めてある。まずこのピンを抜き、凧糸を独楽紐《こまひも》と取り替える、臼から剣を抜いて、臼の穴に独楽紐を通して剣をしっかり押し込む。次に剣の先を切り出しで削って細くし、そこに鉛筆のキャップを塡める。玉の穴を三角形のガラスの破片で削って大きくする。

穴を大きくする作業は授業中にこっそりやった。ともかく時間がかかる根気の仕事。顔は先生の方を見ながら机の中に隠した手を動かすのだが、ガラスだから気を付けないと指を切る。こうしてようやく自分の剣玉が完成する。大事でないはずがない。

セーターは家で編むものだった。古いセーターをほどいて毛糸に戻す。薬缶の湯気で編み癖を取って、卓袱台の端などに巻いて綛《かせ》にしてから、洗ったり染めたりする。こうして新品同様になった毛糸を編む。その際に綛では扱いにくいので玉に巻く。この作業をよく手伝わされた。母の正面一メートルほどのところに坐って、両手首の間に綛を懸け、母が玉を巻くのに合わせて上半身を左右に振って糸を繰り出す。縛られている感じで、いつになっても解放されない。その後では暇を見つけては編み針を動かす母の姿がいつも視野の隅にあった。こうしてできあがったセーターは来歴を知っている分だけ親しいものに思われた。ぜったいにぼくのセーターだった。

教室の記憶の中に宝物が転がっている。匂いガラスというのがあった。ガラスの破片に似て透明なのに、角は鋭くないしずっと軽い。机などにこすりつけると少しだけいい匂いがした。飛行機の窓ガラスのかけらだという話が伝わっていて、それはたぶん事実だった。有機ガラスというのが正しい名。

千枚ガラスの方は本当の名を子供たちも知っていた。雲母というもので、薄い透明な薄片を無数に重ねたような半透明の物体。上手にやるといくらでも剝がれてきた。誰かが教室に持ってきて、大事そうに取引された。供給源はラジオのコンデンサーだったらしい。

家の中の道具で最も機械という感じが強かったのはミシンだ。今ふりかえってみると、当時のミシンはとても装飾性の強いデザインで、どこもかしこも唐草模様がモチーフだった。開口部がいくつもあって、蓋を外すと中のカムやリンクが見えた。ぼくはミシンの手入れが得意で、よく頼まれて人の家まで出張していた。あの油の匂い、油差しの底のぺこぺこという音、下糸をボビンに巻く仕掛け、踏み車と本体を結ぶ皮のベルト、掃除が終わってなめらかに動くミシンの気持ちのよい音。こうしてたぐってゆくといくらでも細部がよみがえる。

子供が持つ道具類は単純だった。鉛筆を削るのはボンナイフという、片刃のかみそりの刃を挟み込んだ折り畳み式のナイフ。文房具屋には肥後守《ひごのかみ》も売っていたが、刃が厚いので鉛筆を削るのには向かない。鞘が別になった三角の刃の切り出しは工作で使った。

物差しは竹で、三十センチと一尺が一本の両側に刻んであった。尺と寸がまだ使われていた頃の話だから、ぼくの体重もまだ八貫に届いていなかった。消しゴムは四角い白い「ひのでむかいどり」印。絵を描くのはペンテルか桜クレパス。糊は大和糊かセメダイン。

何かのおまけで金属ダイカストの飛行機を手に入れた。全長三センチほどの三角翼の戦闘機で、小さい割に重いのがいかにも貴重なモノという感じだった。

子供には自分が子供だという自覚がある。周囲を大人にかこまれて育つから、なにかにつけておまえは子供だと言われ、そうなのかと思う。その後で、おまえはもう大人なのだと言われる時が来て、またそうなのかと思うのだが、しかしそれで子供の自覚が消えるわけではない。体重八貫のぼくがいなくなって十六貫の今のぼくがいきなり出現したわけではない。八貫目のぼくはそのまま今のぼくの中にいる。一貫目ごと一歳ごとの自分が年輪のように内側に畳み込まれて重なり合っている。奥にゆけばゆくほど古い時代になり、懐かしい匂いが増す。

昔は今のように人と人の間に距離がなかったし、モノはもっと人に親しかった。商業主義の支配が社会の体感温度を下げたというのは正しいが、それとは別に時の作用ということもあるだろう。

ぼくの中の少年はまだそのまま元気でいるのに、ただ彼にはもう出番がない。彼が使った単純な道具類がもう手に入らないのと同じように。

今はキーワードを頼りに思い出すしかない――

ゴム動力のA－1模型飛行機

よもぎとぜんまい

洗い張り

オブラート

茶簞笥

雪

三代前の先祖の斧

同『静物画』所収 2004・5

使えなくなった道具はどうすればよいか。

捨てるというのが正解なのだろうが、長い間いつも身辺にあったモノはなかなか捨てがたい。短くなった鉛筆はそれでも木の中にはまだ芯が残っているし、塗りの部分が一センチくらいになると三頭身という感じで、かわいく見える。

短い鉛筆のための延長用の軸があるけれど、あれに固定できないほど短くなるともう字を書くのには使えない。それでも捨てる気になれなくて、机の引き出しに放り込んでおく。それが何十本も貯まったのに気づいて、整列させて遊んだり。

捨てるのではなく、自分たちの手を離れたモノの行く先を思い、正しいところに行き着くように配慮して手放す。ぼくが知っている例ではアイヌの人々がそういう儀礼を行っていた。

人間に魂があることは誰もが知っている。魂は人間にあって最も神に近いものだ。しかしアイヌは、動物もまたその身体をまとった神であると考え、道具類にさえ神が宿っていると信じていた。

人が亡くなったら魂は先祖の国に向けて旅立つ。迷わないよう正しい儀式で送り出すのが残された者の義務であって、これを葬儀と呼ぶことは誰でも知っている。人の死に際して葬儀を行わない民族はないだろう。

アイヌは動物が別の世界に旅立つ時にも儀式を行う。子供の頃から大事に飼っていた熊を熊の国へ送り返すためにイヨマンテ、すなわち熊送りの儀式が執り行われる。神が熊となってアイヌのもとを訪れてくれたことを感謝し、また来てくださることを願って、多くの供物やねぎらいの言葉と共に送る。

狩りで動物が獲物になるのも、あれは神が人間のもとを訪れようとわざと矢に当たって下さるのであって、だから獲物の肉はおいしく頂いても魂は供物やイナウという木の飾りを捧げて正しく送り返さなければならない。そうすれば神はまた別の熊の肉体に宿って再び猟師の前に現れてくれる。

アイヌは日頃使っていた道具が壊れて使えなくなった時も送り儀礼を行った、と萱野茂さんの『五つの心臓を持った神』という本に書いてある。送るべき道具を家の外にある祭壇に置いて、ヒエやアワを供え、時にはタバコも添えて、「長い間、アイヌのために働いてくださって本当にありがとう。これらの物をおみやげに神の国へお帰りください。そうすると、あなたは神の国でもう一段上の神としてもてなしを受けることができるでしょう」と祈りの言葉を唱えるのだそうだ。

日本の文化には道具一般の送り儀礼はないようだが、針供養が少し似ている。事八日《ことようか》と呼ばれる二月と十二月の八日に、針仕事を休み、折れた針・古い針を豆腐や蒟蒻などに刺して川へ流す。他の道具についても何か似た風習があったような気がするのだが、どうも思い出せない。

逆に道具が人を送るということもあるかもしれない、と先日から考えている。つまり道具を残して人が亡くなった場合で、普通は形見分けということをして道具は新しい主を得る。それが行われず、道具がそのまま放置されたらどうなるか。

ぼくの母方の祖先は明治の初め、淡路島から北海道の日高に渡って牧場を開き、馬を飼った。しばらくは羽振りがよかったが、やがて没落。後には何も残らなかった。それがぼくの祖母の父とその兄の兄弟で、ぼくからは三世代前になる。この話がおもしろかったので、ぼくはいささか事実を調べた上で、『静かな大地』という小説を新聞に書いた。

連載が終わって本ができた時、ぼくは何度となく訪れた日高にもう一度行って、お世話になった皆さんにお礼を述べた。その時に、「これが原條さんの屋敷の跡から出てきたんだが」と言われて一丁の斧を手渡された。

ちなみに原條は我が先祖の姓であり、屋敷の主は原條新次郎という名だった。斧をぼくに手渡した半田禮太郎さんは今は畑になっているその屋敷跡のすぐ近くに住んでおられ、原條一門とも縁の深い方である。

去年の夏に畑から半ば偶然のように出土したという。さすがに柄は朽ちていて掘り出せなかったが、鉄製の頭の部分は約一・五キロ。手に取るとずっしりと重い。ぼくが『静かな大地』を書き終えた時に出てきたのはたぶん因縁というものだろう。

当時の北海道で斧は大事な道具だから、うっかり置き忘れてなくすということは考えられない。原條新次郎が三十五歳で亡くなった後、屋敷のどこかに残され、屋敷がなくなって畑に変わってからも地中でずっと待っていたのではないかとぼくは考えるのだ。人が去って、道具が残る。遺された道具は去った主を悼んでそっと身を隠す。新次郎の事績が少し世に知られる機会を得て、また出てくる。そういうことではなかったか。

この斧は今、ぼくの書斎の棚の上にある。錆びているし、もう斧として役に立つことはないが、それでもぼくはこれを送ることができない。なぜならば、これは帰ってきたものだから。斧としての役割は終わったとしても、先祖が手にした道具という別の性格でぼくのところに送り返された品だから。

グッド・バイ、グッド・バー

「カードエイジ」（JCB）1999・3

いいバーの条件を考えてみよう。

まず、ロケーションはなかなか大事だ。バーは町に属している。あのバーに行こうかというときに、そこまでの道のりを頭の中でたどってみて楽しくなるような場所にあるのがいい。あまり品のない街区にあると、いい店だと思っても、なかなか足が向かない。

次に、なんといってもバーテンダーがいいこと。酒に詳しくて、客あしらいがよく、余計なことは言わないけれども話せば味がある。誰だってバーで深刻な話はしない。軽い話題でありながら、お互いどういう奴かなんとなくわかるような会話を交わすのがバーというものだ。そういう友人と並んで飲めればいいが、そうでないときにさりげなく相手をしてくれるのがいいバーテンダー。

いい酒がそろっているというのは、結局のところ、いいバーテンダーがいるというのと同じこと。普段だって、ちゃんとした酒をひととおり揃えられないのではバーテンダーの資格はないのだから。

段は標準的なものを飲んでいても、酒飲みは気まぐれだから突然とんでもないものが欲しくなる。そういう要求に応えてくれると、バーは格が上がる。

インテリアは品がよくて、もちろん暑くも寒くもなく快適。適度の暗さは必須であり、音楽は趣味がいいものを最小限かいっそ無し。

客層がいいというのを条件に入れてもいいだろうか。客はバーを選べるが、バーは客を選べない。だから店内の雰囲気が悪いというのはバーの責任ではないかもしれないが、長い目で見れば、実はバーは客を選んでいる。場違いな客は居心地が悪くてやがて来なくなるものだ。これは排他的でわがままな欲求だが、常連客がわがままが言えるのがバーだ。

ついでにもっと大きなわがままを言えば、女っ気はない方がいい。客席の側にちらほらいるのはかまわないが、カウンターの中にはいてほしくない。なぜならば、回りくどい説明になるが、女についての愚痴は（あまり深刻でないかぎり）バーの主要な話題のひとつである。しかし、女Aを相手に女Bの悪口を言うのは、結局は遠まわしに女Aを口説くことになる。だから、女Aがカウンターの中にいるというのはどうもバーの本旨ではない。仕事がらそこにいるしかない、つまり逃げ場がない女を口説くのは美しくない。

もっと手っ取り早く言えば、カウンターの中に美女がいては気が散って酒がうまくないのだ。バーに来た意味がなくなってしまう。では美女でなければいいのかと言われても、酔えばいかなる女もなんとなく美女らしく見えてくるという問題がある。酔いが醒めてから苦い思いをした男は数知れない（念の為に申し添えれば、まったく同じことが女の側からも言えるはずである）。

さて、人はなぜバーに行くか。酒を飲むため酔うためというのは表面の理由で、本当は何もしない時間を過ごしに行くのだ。だからバーは、酒の値段に関わらず、その存在自体が贅沢なのである。もう少し詳しく説明しようか。レストランは食事をするところだから、オードブルからデザートまで、料理が出てくるタイミングは店の側が管理する。客はそれに身を任せるしかないし、普通はそれで文句をいう者はいない。しかしバーの時間は客のものだ。ワンショットで五分で出ようが、一定の酩酊を保って五時間いようが、それは自由。これまでに挙げたよきバーの条件は、要するに客がいい時間を過ごすというバー本来の目的の邪魔をしないというに尽きる。

それでは男はバーで何をしているのか。ずいぶんかっこいいことを書き連ねたが、要するに男はバーに入って、実に無駄な、ばかばかしい、非生産的な時間を過ごしているのだ。だからバーについてはいいジョークがたくさんある。

こんな話はどうだろう。あるバーにふらっと客が入ってきてマーティニを注文した。バーテンダーは氷とジンとベルモットをミキシング・グラスに入れてステアし、脚のあるカクテル・グラスに注いで、オリーブを添えて供した。男はそれをゆっくり時間をかけてうまそうに飲み、すっかり空になると、なんとグラスを上からばりばりと食べはじめたではないか。上の方をすっかり食べてしまった男は、脚だけを自分の前に置いた。バーテンダーはびっくりしたが、客の好みは尊重しなければならない。グラスを食べたことについては何も言わないことにした。

男はまたマーティニを注文した。そしてうまそうにゆっくり飲み、空になるとまたグラスをばりばりと食べて、脚だけを前の脚の横に並べた。また同じものを注文する。

そうやって五つのグラスの脚が並んだとき、バーテンダーはさすがに腹が立ってきた。かといって、その客に文句を言うわけにはいかない。それは彼の職業的誇りが許さない。しかし自分が憤慨していることは誰かに伝えたい。

彼はカウンターの先の方に坐っている別の客のところに行って、小さな声で話しかけた。

「見てくださいよ、あのお客さん。あんな妙な飲みかたをされたんじゃ、店としては困ってしまいますよ」

「まったくおかしな奴だね」とそのお客は答えた。「あの脚のところがいちばんうまいのに」

この何年かの間にぼくが行ったバーでもっとも気に入った店は、実はさっき挙げたよいバーの条件をほとんど満たしていなかった。場所は市街地から吹雪の中を二時間近く走った山の中。バーテンダーはほとんど素人で、酒も最小限しかそろっていない。暖房がいっさいないから、室内は猛烈に寒い。椅子はひとつもない。客はダウン・ジャケットを着たまま、震えて飲み、アルコールの力でかろうじて身体を中から温める。それでもこの店は実によかった。

なぜ暖房がなかったかと言えば、建物が氷でできていたからだ。壁も床も天井も氷。ついでにカウンターも氷だし、灰皿も氷。そういう店が零下二〇度の山の中にあった。

最初から説明すればこういうことだ。アラスカでいい写真をたくさん撮って、一九九六年の夏にカムチャッカでクマに出会って亡くなった写真家星野道夫の写真展を北海道の然別湖《しかりべつ》で開くことになった。時期は冬。地元の元気な連中が厳寒のさなか、氷のブロックをたくさん作って、これを積み上げて会場の建物を造る。その中に写真を展示するという粋な企画である。

この時に、展覧会場の奥にバーも作った。名づけてアイスバー。だから建物からカウンターまで全部が氷だったのだ。暖房を入れれば溶けて崩壊してしまうから室内の気温は零下二〇度だが、それでも風が入らないので、外から来ると暖かく感じる。そういうところで、もっとも冷たいカクテルであるフローズン・ダイキリを飲む。反語や逆説ではなく、本当にこれはうまかった。

この展覧会場とバーは三月末までが寿命で、雪解けのころになると溶けて消えてしまう。痕跡も残らない。このあたりが思い切りがよくて、男っぽい、いい店だった。さらば、グッド・バー。

普通のマーティニはジンが五〇ミリリットルにベルモットが一〇ミリリットル。ドライ・マーティニだとこれが五五対五で、ジンが多い分だけ辛くなる。エキストラ・ドライというのはミキシング・グラスの氷の中にベルモットを少量入れて、ステアしたら捨ててしまい、その後へジンを注ぐ。わずかに氷に残ったベルモットの香りだけを使うわけだ。もっとドライにするのなら、氷を入れる前のミキシング・グラスの内側をベルモットの瓶のコルクで一撫でする、という方法もある。

では究極のドライ・マーティニは？

ベルモットの瓶を見ながら、氷で冷やしたストレートのジンを飲むのだ（いいバーでくつろいでいる男はだいたいこんな馬鹿なことしか考えていない）。

旧作再訪『真昼のプリニウス』

「朝日新聞」2004・8・22

小説を書きたいという思いをぼくはずっと抑えていたようだ。そうはっきり覚えているわけではない。抑えていたというのは、それについては考えないようにしていたということで、だから記憶にさえ残っていない。

小説を読むことが好きで、幼い時から読みふけっていた。母は詩人だったし、文学は身の回りにたっぷりあった。だから小説というものを自分でも書けたらと夢想しなかったはずはない。

しかし、実の父が世に知られた小説家だったために、事態は複雑になった。ほとんど一緒に暮らしたことはなかったのだが、それでも父は若いぼくの人生をある程度まで支配した。

つまり、ぼくにとって小説というものの敷居がひどく高くなってしまったのだ。書けば、あの人の息子がねえ、と言われる。それに、自分の実力を知ってしまって、小説を諦めなければならなくなるのが怖い。たぶんそういう心理があったのだろう。詩を書いても、評論を書いても、小説のことは考えないようにしていた。

この呪縛が解けたのは一九七九年に父福永武彦が死んだ時だった、と今ならば言うことができる。早すぎる死だったが、ぼくは悲嘆と共に解放感を味わった。小説に向かえるような気がした。最初に書いたのが長篇『夏の朝の成層圏』。ロビンソン・クルーソーを土台にした思弁的な冒険小説で、友人たちは楽しんでくれたがそれ以上の世評はなかった。その次の『スティル・ライフ』で芥川賞を受賞した時には、派手な展開に少なからず戸惑った。

たぶんぼくの中には小説を書く準備があったのだろう。よく読んでいたし、詩や翻訳で文章の練習もしてあった。主題が懸案だったけれど、肩の力を抜けば主題などいくらでもある。処女作という試練を二段階で乗り越えて、ぼくは小説が書ける自分を発見した。

これは本当に嬉しいことだった。人生でいちばん嬉しいことだったと思う。『真昼のプリニウス』はこの段階で書いた。ぼくにとって最も野放図な、やりたい放題の、自由奔放な作品である。ぜんたいがドーナツ状で、中心の部分が穴になっている。「真昼」に何が起こるのかは書いてない。科学という、ぼくにとって文学と並ぶ関心の対象を前に出し、地理というこれまた好きな話題をからめて火山の話に仕立て、この細かいプロットにたくさんのエピソードを盛り込む。

舞台は浅間山である。天明の大噴火で被災したお初さんという架空の女性の手記を捏造して、小説家は嘘を書いてもいいのだと実感した。主人公を女性の科学者にしたのは、幼い頃からいろいろ教えてもらった伯母の影響だろうか。

その後で書いた長篇はみな設計図に合わせてパーツを作り、組み立てたという印象がある。だが、『真昼のプリニウス』は作ったのではなく湧いて出たのだ。そういうことはめったにない。

この中也的な日々

英語に「クオータブル quotable」という言葉がある。「引用できる」というよりも「なにかと引用しやすい／されやすい」という感じ。

中原中也はクオータブルだ。何か会話の中で状況に応じてちょっと中也を引く。あるいは自分一人の時でも中也の一行を口にする。それがぴたりと決まる。昔はそういうことが多かった。「ホラ、ホラ、これが僕の骨」とか「汚れつちまつた悲しみに」とか、「海にゐるのは、／あれは人魚ではないのです。」とか、口にすることで思いが伝えられた。

たぶん、ぼくの場合でも、若いころの日々はとても中也的だったのだろう。だから「狐の革裘《かはごろも》」がうまく使えた。あるいは「修羅街輓歌　Ⅲ」。なにしろ若い時というのは自分が確立していないから、何かよくないことがあるたびにだれかのせいにしたがる。しかしすぐにそれを反省する。心がふらふらして定まらない。そういう時に「修羅街輓歌」は効くのだ。

『新編 中原中也全集・別巻』（角川書店）月報 2004・11

それよかなしきわが心
いはれもなくて拳《こぶし》する
誰をか責むることかある？
せつなきことのかぎりなり。

そういう思いで暮らす日々であった、中原中也はそういう詩人であった。そして、時がたつにつれて、つまりぼくが老いるにつれて、中也さんは遠くなっていった。

（同じように若い時に夢中になって読んだ詩でも宮澤賢治は実はあまり引用向きでない。暗記してはいるのだが、披瀝する場面がなかなかない。「雨ニモマケズ」は、あれは人生訓であって詩ではない。「春と修羅」はとても引けない。「歯ぎしり燃えてゆききする／おれはひとりの修羅なのだ」というところまで激しい発語を我が心が求めることはなかった。）

ところがこの一週間、なぜか中也さんが帰ってきた。思いもかけずぼくを取り巻く環境が中也的になった。きっかけは父の入院である。ことは私的回路の中で起こった。

去年伴侶を失って一人で暮らしていた父が不調を訴えて検査のために入院した。それが思ったよりも長くなって、ヨーロッパに生活の拠点を移したばかりのぼくは、何よりも慰撫が必要だと判断し、一時的に日本に戻った。病院の給食を厭う父のために、デパートや専門店で気の利いた弁当を見繕って持ち込み、差し向かいで食べる。

この父はたまたま『山羊の歌』に「養父の疑惑に瞳を睜《みは》る」(「月」)とあるとおり、ぼくにとっては養父である。血はつながっていないけれど、五十年間ずっとぼくにとっては父であった。その父が自分の病名について「疑惑」を持っている。なんとかしなければならない。

この義務をきっかけに、ぼくの日々は否も応もなく中也的になった。親子というのはそれぞれの年齢の差がずっと持ち越されるもので、その意味ではぼくと父の関係は若い時と変わらない。十六歳という差は、あたりまえだけれど、一年も縮まっていない。格別に若い父だったのだ。

外へ出ればぼくは来年は還暦という歳であり、それなりの社会的責務もある。早い話が、忙しい。このところ社会は思う放題ぼくをこき使ってくれる。それに応じているといくらでも仕事が増える。ところが、父の看病という強力な免責カードを手にして、ぼくはその忙しさから解放された。病院のベッドの脇に坐って、父の顔を見るでもなく、窓の外の夏雲と青い空、総ガラスの高層ビルや古い寺の森、オレンジ色の東京タワーなどにぼんやりと視線を向け、ひねもす時が過ぎるに任せる。

ぼくは若い無為に戻ってしまった。そこで中也さんが待っていてくれた。その感じは正に「帰郷」だった。

忙しい世間に出て、なんとも心許ない日々を重ね、ちょっとした徒労感と共に郷里に帰るという感じ。だからこの詩がいやに心に響く。ぼくにあって郷里は土地ではなく、父その人であった。

柱も庭も乾いてゐる
今日は好い天気だ
　椽の下では蜘蛛の巣が
　心細さうに揺れてゐる

というのがそのまま父の心の状態のように思われる。ぼくはそこへ回帰したらしい。昔から何かと齟齬を来して、言葉の通じない、もどかしい、時にはお互い腹立たしい父子であったけれど、それでも五十年を経て「今日は好い天気」の心境に達した。

そういうことを誰と話しているかというと、他ならぬ中也さんと話しているのだ。それが詩の効用、引用の功徳。

後世の者は詩人の言葉を勝手に引いて、それで自分の人生を解釈して、なんとなく安心する。詩人その人は、そんなことは知らない、責任を持てないと言うだろうが、知らなくて結構。責任など問うつもりは最初からない。ただ、生きる途上で、自分はここを通ったという小さなマークを経路の一角に附したい時、詩は役に立つ。

それにしても自分は世間に出て何をしてきたのか、何をしたあげく、ここに戻ったのか。郷里は問うともなくそれを問う。帰った身はそこを問われているような気になって、ちょっとうろたえる。

これが私の故里《ふるさと》だ
さやかに風も吹いてゐる
　心置なく泣かれよと
　年増婦《としま》の低い声もする

あゝ　おまへはなにをして来たのだと……
吹き来る風が私に云ふ

これがあまりに病室の風景のままなので、ぼくは当惑している。他の患者たちを見舞って訪れる「年増婦」たちはぼくの昔なじみの郷里の人々ではないけれど、それでも「心置なく泣かれよ」とぼくに向かって言っている気がする。

これからを思って泣くことは幸い無い。でも、これまでを思って泣くことは多々ある。それを抑えて、ぽつりぽつりと父と昔話をする。あの伯父は何歳でいかなる病気でみまかったのかとか、あの漫画家の知人はその後どうしたかとか。かつての家を巡る地理も話題になる……聯隊、日大農獣医学部、西澄寺《さいちょうじ》、蛇崩川《じゃくずれ》、駒繋《こまつなぎ》神社、送電線、戸塚病院、等々。

中也さんの郷里とはまるで違うところだが、地名を象眼された記憶という点においてすべての郷里は同じである。そこへぼくたちは病室から往還する。

中也さんという人はぼくたちみんなの心のそういう位置に坐っているらしい。そして時に応じて出てきてくれる。何年も忘れていても、郷里へ帰る人には餞別のように最適の詩をそっと手渡してくれる。

かつて訪れた土地の不幸

「coyote」（スイッチ・パブリッシング）2005・3

見知らぬ土地にあこがれる。いつか行ってみたいと思う。

それと同じように、かつて訪れた土地には懐かしさを感じる。昔、仲よくしていてやがて会う機会がなくなってしまった友人のように、その後もずっと元気でいてほしいと思う。「曾遊の地」という漢語的な表現には、以前に楽しく遊んだ場所という響きがある。

しかし、人と同じで土地も病気になったり、災難に見舞われたりすることがある。遠くにいる者は、気を揉んだり、悲しく思ったり、早く恢復してほしいと願うしかない。

ぼくにとってそういう土地の一つがスーダン南部だった。一九七八年にナイル河を遡行する旅をした。エジプトから汽車でスーダンに入って、首都ハルトゥームから先は河を行く船で更に南下した。いちばん南のジュバに着くのに十四日かかった。

スーダンの南部というのは、ただ南の方という意味ではない。あの国は北と南では人種も文化も宗教も違う。北はモスレムの国で、南はいわゆるブラック・アフリカだ。それを一つの国にまとめたのは宗主国イギリスの大きな間違いで、だからぼくが行った時も北と南の関係は緊張していた。国内旅行ヴィザを取るのに苦労した。

今はその分裂がいよいよひどくなって、ほとんど内戦状態。ジュバは行けないところになってしまった。今、新聞は停戦を伝えているが、どこまで実効性があるだろう。

もっと身近で切ない例としてはイラクがある。行ったのは二〇〇二年の十月から十一月にかけてだから、まだ戦争にはなっていなかった。ぼくはあの国の人々や文化が本当に好きになって帰った。だから今のイラクの状態についてはただ嘆くしかない。友人たちの身を案じるしかない。

今回のスマトラ沖地震と津波でも同じような思いをいだいた。あの風景に海が襲いかかったと個人的に想像できるのは、例えばマドラスであり、スリランカであり、セイシェル諸島だ。

今はチェンナイと名が変わったマドラスには二度行っている。二〇〇〇年の三月に行った時には博物館に通っただけで、海の近くには行かなかった。しかし、一九七四年の最初の時はインド洋が見たくて海辺まで行った。たった今、あそこはどうなってしまったのか。あの都会的な、穏やかな海岸の風景は今はどうなっているのか。

チェンナイとスリランカについてはまだ報道があるけれど、セイシェル諸島については今ぼくの手元には何の情報もない。あの低い美しい島々はやはり津波に洗われたのだろうか。

あそこに行ったのは前記のスーダンの旅の後だった。ナイルを遡行する二週間はなかなか辛かった。なにしろ食べるものがない。船で提供される食事は少ないし、寄港地である河辺の村では食べるものなど売っていない。

ようやく到着したジュバから、なるべく陸路という方針を枉げて飛行機でナイロビに飛んだ。河に沿ってまっすぐ行くと先はウガンダ。当時はイディン・アミン・ダダ大統領が支配するとても危ない国で、何人もの外国人が消滅していた。

ナイロビでしばらく過ごした後、少し体重を回復してから日本に帰ろうと考えて（生涯で最も痩せたのがこの時だ）、自分にいささかの贅沢を許し、セイシェル諸島に渡った。ナイロビから東アジアに向かうＢＯＡＣ（英国海外航空）の便はいずれにしてもセイシェルに降りたから、いわば途中下車という感じだった。

イギリスとフランスが交互に支配したこの島で、ぼくは小さな宿に泊まって、一週間ひたすら食べて歩いて泳いで過ごした。リゾートの贅沢を味わった。*Police Bay* という湾に行く途中でプランテーションの敷地内に迷い込み、犬に囲まれてひどい目にあった。それも含めて、セイシェルはアフリカの疲れを癒してくれた恩義ある土地だ。

若い時に旅をしないと老いてから話の種がない、と宮本常一は言った。しかし、こういう形で話題にするのはいかにも辛いことだ。

自然を神の座に戻す

「リクウ」（「中央公論」増刊号）2006・冬

何年か前、ぼくがよく行く石川県の山村で、山菜についてこういう話を聞いた――以前は山に入って山菜を採るのは地元の人たちだけだったから、翌年のことを考えて七割採っても三割は残した。今は他県から車で来る連中が根こそぎ持っていく。その人たちは、来年は別のところに行けばいいと思っている。

そうやって広い地域を走り回ってあちこちの山菜を採っているうちに、やがてどこに行っても山菜は見つからなくなる日が来る。車という移動の手段を得て人は先のことを考えなくなった。

かつてアイヌは自然という資本がくれる利子で暮らしていたけれど、今の日本人は元金にまで手をつけている――今年亡くなった萱野茂《かやのしげる》さんが言われたことだ（萱野さんはアイヌの文化と誇りを再興した偉人である。偉人という言葉はこういう人のためにある）。

元金に手をつけないのは狩猟採集民の心得だった。なぜならば、そうでないと次世代が生きていけないから。山菜の話も同じことで、少しでも残さないと来年の収穫はないのだ。

かつてヒトは自然に対して畏怖の念を持っていた。狩猟民は倒した獲物に感謝する。それはいかなる意味でも偽善ではない。次回の獲物を期待しての取引ではない。飢えという苦があることを知った上で、それを回避できたことへの喜びを感謝という形で獲物に伝える。ねんごろに弔う思いで獲物を喰う。

われわれが本当に失ったものは何なのか？　自然はまだまだしっかりと存在する。ヒトによっていささか歪められたとはいえ、たしかにそこにある。

なくなったのはわれわれの自然観のうちの何かだ。最も重要な何か。

ヒトは知性に依って生きる道を選んだ。本能という自分では改変できない一方的なプログラムを捨てて、ヒトは人間になった。知性に野放図で危ない一面があるのは最初からわかっていた。だからそれを制御するために人間は時間と空間の概念をしっかりと構築した。今という時に来年のことを考え、此処《ここ》にいながら彼処《かしこ》のことを思う。それを自律の基準とする。見えない彼処、知り得ない未来を恐れる。畏怖の念はそこに由来した。そこから神が生まれた。

しかし今、神はいない。自然に対する畏怖の念はない。われわれは知性のそそのかすままに神を追放し、時間と空間をすり替えて自分を欺くことにした。車で走り回って山菜を根こそぎ採るというのは、来年を彼処と見なすことである。来年の収穫についてはどこかに彼処があるという欺瞞に身を任せて、目の前の山菜をすべて採る。

知性はヒトを自然に対して優位に立たせた。われわれは地球上のいたるところに住み着き、他の哺乳類を圧倒して繁栄しているように見える。

しかし、やはりわれわれは知性に欺かれたのだ。エデンでイヴの耳になにごとかを囁いた蛇が実は知性だった。その言葉を信じて知性で生きる道をわれわれは選び、その結果エデンから追放され、自分を欺いて偽の楽園で暮らしている。もう先がない。

今、われわれは再び畏怖の念で自然を見ることができるだろうか。目の前にあるコゴミやシオデや落葉《らくよう》やマイタケを見て、それを生み出した山の力を背後に感じ取り、畏怖を感じ、拝む思いで採ることができるだろうか。それに出会えた時を祝福し、自然を神の座に戻すことができるか。

人間の未来はそこにかかっている。

我が人生の馬たち

「My horse」（ユニオンオーナーズクラブ）2007・1

振り返ってみると、平均的な日本人よりは馬との縁の濃い人生だった。

ぼくの祖先は明治四年に淡路島から北海道日高の静内に入植した。世にいう稲田藩の集団移住の一員で、その時ぼくの曾祖父は七歳だった。

やがて彼は兄と一緒に牧場を開き、一時はなかなかの繁栄ぶりだったらしいが、しばらくして没落した。一代かぎりの興亡の典型である。

祖母や親から聞かされた家庭内伝説によれば、曾祖父は馬が得意だった。アイヌの友人の家に遊びに行って、酔ったあげく、砂浜に引き上げた小舟を次々に跳び越えながら帰ったという（ただし、この種の話には身びいきが混じるから、どこまで本当かわからない）。

草競馬に出て、先頭で柵のすぐ脇を先頭で走っていたところ、外側から別の騎手に抜かされかけた。柵に押しつけられて、「よせ、ズボンが破ける！」と叫び、相手がひるんだ隙にゴールに駆け込んだという。これはちょっとずるいと曾孫は思う。この相手もアイヌだったらしい。

　ロシア式の馬橇を工夫して乗り回していたという話もあった。

　ぼくはこの一族の話を『静かな大地』という小説に書いたのだが、主人公を大伯父にしたため、その弟である曾祖父のエピソードは使う機会がなかった。

　帯広で生まれたぼくが初めて馬に乗ったのは三歳の時だった。十勝鉄道の汽車で知人の牧場に遊びに行った時に鞍に乗せられ、曳き馬してもらってあたりを一周した。上から見ると地面が遠くて、落ちたらと思って恐かった。なにしろ弱虫で臆病な子供だったから、鞍の上で半泣きだったことを覚えている。


　その後は、北海道を離れてしまったこともあって、ずっと馬に縁のない歳月。せいぜいディック・フランシスの競馬ミステリを愛読するくらい。

　久しぶりに馬に乗ったのは一九九八年、最初の馬から実に五十年後のことだった。

　仕事でネパールに行った。目的地はムスタンというところ。アンナプルナの麓を越えて北に抜けた先で、チベットとの国境に接している。ネパール国内だけれども、今も王国としてある程度の自治を認められている。

　標高が三千メートル以上、峠などは四千メートルという山岳地帯で、自動車が走れる道はまったくない。つまり旅人は自分の足で歩くか馬に乗るかのどちらかなのだ。それならば馬を選ぶ。もともとアジアの馬は体格が小さい。ムスタンの馬も、サラブレッドやアラブやペルシュロンのような大型の馬ではなく、ポニーと呼ぶべき小さな馬だった。道産子の親戚といってもいい。

馬の旅は楽しかった。ぼくを運んでくれたのはコロという白い馬。

山と谷と川原と峠を毎日数時間行く。どんな道でもコロに任せておくことにした。我が馬術では馬に任せておくしかないということでもあるのだが、しかし歩く道の大半は断崖の中腹に架かる幅三十センチほどの砂利道で、しかもそれがざらざらと崩れつづける。自分で歩けば足がすくんで動けなくなるようなところ。

谷に下りて川を渡る前後など、乗り手が鐙に立たなければならないほどの急傾斜である。自分は二本足だが馬には足が四本ある。四駆の方が踏破力があるのはあたりまえと思った。

ほぼ一か月の馬の旅でぼくはコロとずいぶん親しくなった。最後は別れがたいほどの思いだった。

最近また馬の匂いに包まれている。二年ほど前からフランスの小さな町で暮らしているのだが、まだ小学生の子供たちが馬術教室に通っている。毎週一回、連れていって彼らの練習を見る。

もともとこの町は馬術が盛んで、教室は周辺にいくつもあるし、とても大きな競技場もある。子どもたちの伎倆はほんの初歩だが、それでも見ているのは楽しい。ポールに掛けた輪を馬を寄せて取り、数メートル先の別のポールに掛ける。二頭並べて走る。馬との意思の疎通に苦労しているのが見ていてわかる。最近になって低い障害を越える練習が始まった。

終わってから馬房に連れていって鞍をはずし、ブラッシングしてやるところは少しばかり手を貸す。馬の匂いに包まれるのがなかなか心地よいし、上級者の練習を見るのは本当におもしろい。

子供たちは馬に夢中で、その日乗った馬のことをいちいち報告する。ロメオとかキャキャウェット（ピーナッのこと）、バラクーダ、それに最近の日本漫画ブームでピカチューという名の馬もいる。

ある時、下の子がおずおずと言う——「あのさ……たぶんダメだと思うんだけどさ……お誕生日に……馬を買ってもらえないかな？」

「ダメだよ。だいいち、どこで飼う？」

「だから、中庭」

うちは市街地の連棟の家に住んでいて、たしかに裏には庭がある。しかしそこに行くには家の中を通るしかない。

「馬は通れないと思うよ。途中でうんちしたら困るだろ」

「わかった」

それで子供はあきらめた。たぶん最初から無理とわかっていたのだろう。自分がどれくらい馬が好きか表明したかったのだろう。

アメリカは眩しかった　フィルコとヴォイジャーの物語

「ＰＬＡＹＢＯＹ」増刊号（集英社）2007・2

世界史において二十世紀がアメリカの世紀だったことはまちがいない。二十一世紀がそうでなくなることもまちがいない。

では、どの時期のアメリカがどのように魅力的だったかを思い出してみよう。その理由は何だったか考えてみよう。

アメリカの魅力はモノに関わるものだった。いつでも消費財が輝いていた。

ぼくにはその具体的な記憶がある。

一九五二年頃、ぼくの家に新しいラジオが来た。フィルコ（Philco）というアメリカの会社の製品で、小学生だったぼくはこのラジオに惚れ込んだ。当時の日本製のラジオとは比べものにならない素晴らしいものに思われた。

まず音が格段にいい。ぜんたいが小型だからスピーカーもせいぜい四インチほどで、硬質プラスチック製のケースは背面開放型だったが、それでも美しい音だった。ハイファイという言葉などまだなかった時代のことである。

あの頃は家によっては戦災で焼けなかった戦前の並四や高三のラジオをまだ使っていた。マグネチック・スピーカーがついた古いラジオの音は歪んで耳障りだった。すべての番組が敗戦時の玉音放送のように聞こえた。ナショナルの「うぐいす」や「カナリヤ」などが発売されたのはもっと後のことで、それも実際には野暮ったい代物だった。

戦前の古いラジオの真空管はST管なのに、うちのアメリカ製は小さなMT管を使った五球スーパーだった。それが小さなシャーシーの上にきちんと並んで赤く灯る。後ろ側から覗くとその光が見えると同時に温められた埃の匂いがする。それを小学生のぼくは無二の芳香と思って嗅いだ。

ベークライト製のケースの形状、そのチョコレート色、点滅スイッチ兼用の音量つまみと選局つまみの形、横行型の周波数ダイヤル、そこを動く針の形と色、ケースの底に見えるシャーシー固定用のネジの六角形の頭……今でも細部まで詳細に絵を描くことができる。

今、インターネットで探したところ、フィルコのラジオはアメリカでも人気があるらしく、コレクターのためのサイトがあって、ギャラリーがある。残念ながらそこのコレクションは一九二八年から一九四〇年までは充実しているが、その先は未完らしく、ぼくがあんなに愛したモデルの写真はなかった。

どうしてこのラジオが我が家に来たのか。外貨などない時代だから普通の輸入ではない。特別の闇のルート。

その頃、ぼくの母は進駐軍のPXで働いていた。PXはアメリカの軍人専用のデパートで、母がいたのは銀座の松屋だったと思う。進駐軍というのは要するに占領軍で、日本人は占領されたと思いたくないから言い換えた。撤退を転進と呼び、敗戦を終戦と言ったのと同じ欺瞞だが、それはともかく負けた日本は連合軍の軍政下に入った。たくさんのアメリカ兵が来て、それと共に彼らの文化が入ってきた。PXはアメリカ物質文化の見本市のようなところだった。

ただし、公式には日本人は入れない。オフリミット。母は英語ができたのでPXの売り子として雇われ、その給料で親子三人は困難な時代を生き延びた。

母はラジオの売り場を担当していた。朝鮮の戦場に行く兵隊が「トランスオーシャニック Trans Oceanic」という Zenith 社のサブ・ブランドのオールウェーブの（中波だけでなく短波も受信できる多帯域の、という意味）ポータブル・ラジオを買っては前線に向かった売り場である。

アメリカ社会は合理的で、語学の進級試験にパスするとそれだけで給料が何割か増える。肩書きや情実の入る余地がない。そういう制度に感心し、実際に恩恵を被っていたから、因習的な日本があの戦争に負けたのは無理もないと母は言った。その割にアメリカに対して冷ややかだったのはなぜだろう。日本の民主化を目指して出発した占領政策が朝鮮戦争で変わるさまを目の当たりにしたためかもしれない。

話はラジオだ。たとえＰＸに勤めていても、売り場の製品を買うことは許されない。退勤の時に抜き打ちで身体検査があり、商品を持っていたらその場で解雇される。アメリカ製品が日本の市場に流れるのを防ぐ措置である。

しかしここには抜け道がある。顔見知りの兵隊に買ってもらって、外で受け取ればいい。実際この方法によってアメリカ製品は日本人の手に渡った。うちに来たフィルコのラジオもこのルートを辿った。母の性格を考えると闇屋の手先がやれたとは思えないから、密輸入をしたのはたぶん自分の家のためのラジオを調達した一回だけだっただろう。

敗戦国が戦勝国の文化をかくも熱烈に歓迎した例がかつてあっただろうか？　アメリカの優れた歴史家ジョン・ダワーがあの時期の日本の歴史を書いた本に『敗北を抱きしめて』というタイトルを付けたことでもわかるように、日本人はアメリカ兵を歓迎した。連合国最高司令官ダグラス・マッカーサーは天皇と同格の尊崇の対象となった。

その理由はまずモノだった。豊富な物資と眩しい消費生活。たとえば兵隊が子供たちに撒いたチューインガムとチョコレート。あるいは「ブロンディー」の漫画に見られるような冷蔵庫一杯の食料品。

戦時中から戦後にかけての極端な食糧不足、不足する配給や、外食券食堂、闇米などを体験した日本人にとって、ブロンディーの夫が夜中に冷蔵庫を漁《あさ》って作る食材満載のダグウッド・サンドイッチなど、夢のような光景だった。

家にラジオが来てからしばらくした頃、親たちの友人の家で通信販売のシアーズ・ローバック社のカタログを精読したことがあった。大人が秋の夜長を延々と喋っている間、退屈な子供は千ページはあろうかという分厚いカタログを埋め尽くした無数の商品写真を一点ずつ丹念に見ていった。こんなにモノがあふれる国があるということだけはわかった。

これは日本に限った現象ではない。二十世紀の前半にアメリカは経済的に離陸して、普通の人々が豊かに暮らせる社会を作った。ヘンリー・フォードとトマス・アルバ・エジソンが用意した耐久消費財大量販売の経済はとても魅力的だった。それを目指して世界中から移民が押し寄せた。自家用車に手の届かない貧民にはハリウッドがその夢だけを売った。

そうやってアメリカ合衆国は二十世紀の世界の人々の生活文化の基本形を作った。あたりまえのことになってしまって普段は気が付かないから、ここで敢えてアメリカの発明を具体的に並べてみようか——

マンハッタンに見るような高層ビル群

自家用車と整備された道路網による交通

航空機と航空路
ラジオとテレビ
電話からインターネットに至る通信
ファーストフード
スーパーマーケット
こういうことの全部がアメリカから来た。
つまり二十世紀のアメリカは新しい社会と生活の形を次から次へと提案し、実用化したということだ。
その背後にはインヴェンションとイノヴェーションの力があった。科学技術が全面的に相転移を起こす時期で、工学は次々に新しいモノを社会に提供したのだが、それが起こったのがもっぱらアメリカだった。
そして技術革新やその応用を支えたのは若い世代で、だからアメリカでは若い人々の野心が成功につながる場合が少なくなかった。それが因循なヨーロッパと自由で開放的なアメリカの違いだった。欧と米以外の地域にはまだ科学も技術もなかった。
キティホークでの初飛行の時、ライト兄弟はそれぞれ三十六歳と三十二歳だった。ニューヨークからパリに飛んだ時、リンドバーグは二十五歳、実業家は飛行士より成熟に時間がかかる職業だが、それでもTフォードを売り出した時、ヘンリー・フォードは四十五歳だった(参考のために日本における希有な例を添えれば、自動織機を発明した時、豊田佐吉は三十歳だった)。

それと比べると、一九八九年に世界初の無着陸無給油世界一周飛行に成功したディック・ルータンがその時に五十一歳だったのは若いとは言えない。彼と一緒に「ヴォイジャー」を操縦してこの記録を打ち立てたジーナ・イーガーは三十七歳だった。それでもぼくには、この計画の成功こそいかにもアメリカらしい若い精神の典型的な例と見える。その最後の例かもしれない。

一九九九年だったと思うが、カリフォルニアに行った時に、「モハヴェへようこそ」という看板の下に描かれた不思議な形の飛行機の絵を見た。異常に主翼の長い、双胴の、ほっそりとした飛行機。どこかで見たことがあると思って考える。しばらくして、世界一周飛行をしたヴォイジャーだと気づいた。ここから飛び立ってここに帰ってきたのだった。

モハヴェは沙漠である。U2が歌う「ジョシュア・ツリー」という曲で知られる奇妙な木はこの沙漠に生えているし、エドワーズ空軍基地もここにある(今さら言うまでもないことだが、ぼくたちのアメリカに関する知識はこのような無数の細部から成っている。この何十年か、ぼくたちはみんなアメリカの文物を知るためにとんでもない努力をしてきた)。ヴォイジャーは美しい。形状と達成によってだけでなく、そのプランからしてこの飛行機は既に美しかった。

世界一周という言葉には強い魅力がある。現在ならば民間航空を乗り継いで世界一周は誰にでも容易にできる。今はなきPanAm（パンナムことパンアメリカン航空）はかつて自社便だけで世界一周が可能なことを誇っていた。

では無着陸の世界一周はどうか？　軍用機ならばできる。一九六二年、アメリカ空軍の爆撃機B－52が世界一周飛行をした。地球の周囲はほぼ四万キロである。この時のフライトは四万二一二キロだからたしかに一周したと言える。ただし、途中で何度か空中給油をしている。航空戦力のデモンストレーションでしかない。

実際には飛行機の性能として世界一周は不要である。半周できれば、つまり二万キロ飛べれば、どこへでも行けるのだ。だから世界一周というのは実用的には無意味な、美学の尺度でしか計れないプロジェクトである。

何よりもヴォイジャーという特異な航空機の姿が美しい。このフライトだけのために開発された機体で、設計はディックの兄のバート・ルータン。複合材料を多用して、主胴体の前後に二基のエンジンを備えた二人乗り、主翼のスパンが三三・八メートル、主胴体の全長が七・七メートルの機体をわずか一〇二〇キログラムほどにおさえて作り上げた。

離陸時の重量は約四三九〇キロ。乾重量の四倍を超える。装備と二人のパイロットの体重を除いて、三二〇〇キロが燃料だった。

求められる性能において、この計画はリンドバーグの場合によく似ている。シンプルな機体に燃費のいいエンジンを搭載し、できるかぎり大量の燃料を積んで離陸する。あとはその燃料を節約しながら飛び続けるだけ。

だから離陸が難しい。ともかく長い滑走路が欲しい。リンドバーグの壮挙を主題にした映画『翼よ！　あれが巴里の灯だ』を見た人は覚えていると思うが、ニューヨーク州ローズヴェルト飛行場を離陸するのに精一杯長い滑走路を使ってもぎりぎり、電信線に引っかかりそうになりながらようやく空に上がった。

ヴォイジャーの方はアメリカでも最も長い滑走路を使うためにモハヴェ沙漠のエドワーズ空軍基地から飛び立った。電信線はなかったけれど、燃料の重さのために垂れた長い主翼の先端が滑走路を擦るというトラブルを超えて、かろうじて離陸している。

空に上がってからはリンドバーグは孤立無援だった。燃料を重視して無線機も積まなかったから、誰も彼がどこにいるか知らない。ヴォイジャーの方は地上からの支援にずいぶん助けられた。優雅な機体は乱暴な扱いには弱い。絶対に避けなければならないのが悪天候。行く先々の天気予報を専門家から直接に入手して微妙に航路を変え、最も安全で効率的な飛びかたを探す。

リンドバーグは一人だったが、ヴォイジャーはディックとジーナの二人が交替で操縦した。極端に狭い機内では二人が位置を替えるのさえ難しかった。一人が操縦席に着くと、残る一人は横になっているしかない。睡魔が大敵というのもリンドバーグの場合に似ていて、一度はディックが操縦中に眠りそうになるという危機があった。

一九二七年のリンドバーグの大西洋横断は三十三時間三十分だった。一九八九年のヴォイジャーの飛行は九日と三分四四秒かかった。平均時速は二〇〇キロを下回る。それほど燃料を節約しながらほぼ赤道に沿って飛んで、最後にエドワーズ空軍基地に到着した時には四八キログラムの燃料しか残っていなかった。搭載量の九八・五パーセントが使用された（五〇キロほどは故障で放出されて失われた）。

リンドバーグの「スピリット・オブ・セントルイス」とルータンたちのヴォイジャーにはもう一つ重要な共通点がある。どちらもまったくの民間の、ほとんど個人のプロジェクトで、政府の支援は一切なかったというところだ。ある意味でヴォイジャーはあれだけの金を使ったアポロ計画よりもエレガントで意義のある成果を上げたと言える。

それでも、ヴォイジャーに未来はなかった。リンドバーグはその後の航空時代を開き、われわれは今や日々ふつうのこととして飛行機を利用している。ぼくはこの文の前半を日本で書き、残り半分をフランスに飛んで書いた。そういう時代を「スピリット・オブ・セントルイス」は開いた。しかし、ヴォイジャーの後に続くものはない。無着陸の世界一周は元のところに戻るという点では飛ばなかったも同じなのだ。

ぼくはヴォイジャーは実用的に無意味だからヴォイジャー計画は美しかったと書いた。一国の隆盛期には出てこないアイディアだとも言える。飛行機の用途はもう充分以上に開発され、その半分は軍用、地上の民衆を殺すために使われている。モノに頼るアメリカの文明そのものが限界に来ていて、その範囲で精一杯の精神性を求めた挑戦がヴォイジャーだった。

その後、精神性の探求はアメリカを清教徒の伝統に押し戻し、見当違いな使命感によってイラクの惨状を引き起こした。

今にして思えばヴォイジャーの成功は短いアメリカ文明の最後の輝き、彼らの白鳥の歌だったかもしれない。

南極はどっちだ？

『LIPSETT BOOK A to Z for BON VOYAGE—旅と海をめぐる、26文字の冒険』（東京美術）2007・7

これまでずいぶん旅をしてきた。

だいたいが好きになった土地に通い詰めるという形で、ミクロネシアの島々を次々に訪れ、沖縄に毎月のように行き、ハワイに年に何回も通い、バリにもずいぶん行った。沖縄は高じて移住することにまでなったし、振り向けばそれが十年続いたけれど、沖縄暮らしはいつもどこかに旅の要素が混じっていた。

数年前に別のパターンに沿った旅を始めた。通い詰めるのを二段階にする。

ロンドンの大英博物館に行って、あの厖大な展示の中から格別に好きなものを選び、それが作られた土地を見にいくのだ。それを繰り返す。たとえばメソポタミア文明を展示した部屋で「ブロンズのドラゴン」と表示された小さな像に惹かれて、バビロンに行ってみる。バビロンは今のイラクにあって、ぼくが行ったのはアメリカがあの国を攻撃する四か月ほど前だった。

これらの旅の間ずっと、文明はすばらしいという賛嘆の思いと、文明は空しいという無常観、この二つの矛盾する感想を抱いていた。アテネ、ルクソール、バビロン、アンコール・ワット……人はこれほどのものを作ったのに、しかしどの文明も滅びた。十回以上の旅を重ねてそれを確認して、この形の旅はもうやめた。

今は文明と縁のない旅のことを考えている。例えば自然を見るだけの旅。自然しかないところ、人間の手の刻印がない風景を見る。そして、人類が滅びて何百年か何万年かした時に回復されるはずの地球本来の風景を想像する。そこまで自分の反文明の姿勢を延長してみる。

書棚にガイドブックの類が何十冊か並んでいる。だいたいが行ったことのある土地に関するもので、それというのもガイドブックというのは実用の書であって、行く直前まで買おうとは思わないからだ。その中で一冊だけ、行く予定がまったくないのに買ってしまったのがある。

ロンリープラネットというオーストラリアの版元が出しているシリーズのうちの『南極』。

この出版社の成り立ちはおもしろい。ヒッピーが自分たちの旅の経験を生かして作ったガイドブックが、グループではなく個人で旅をする人たちに重用されて次々に巻を重ね、今では世界中ほとんどの地域を網羅するまでになった。かつてのベデカーやギド・ブルーのように、現代のガイドブックの世界スタンダードだ。

去年、この出版社の創始者であるトニー・ウィーラーにたまたま会う機会があって、自分はたぶん日本で最もあなたの会社の本を活用している作家だと話し、盛り上がった。

で、『南極』。これが読み出すとやめられないほどおもしろいのだ。実用の書なのに非実用的なことがたくさん書いてある。なにしろ名所旧跡や交通機関やホテルやレストランについては書くことがあまりない土地だから、その分だけ他の話題が増える。

例えば、三〇〇度クラブという究極のサウナのこと。

南極の極点にアムンゼン＝スコットという名の観測基地がある。研究者たちが暮らしながら観測をしているのだが、観光で行って行けないことはない（アドヴェンチャー・ネットワーク・インターナショナルという会社がやっていて、前後六日ほどの旅で三万三千五百ドル）。

アムンゼン＝スコット基地にはサウナがある。中の温度は摂氏九三度。その中で裸になり、十五分かけて身体をがんがんに温め、外へ走り出す。身につけているのは靴下と靴、肺を護るために鼻と口を覆うウォーマーだけ。外気温は零下七四度！　そこで二〇〇メートルほど先の極点記念塔まで走っていって、大急ぎでサウナに戻る。中と外の温度差が摂氏で一六七度あって、華氏に換算すると三〇〇度になる。それを体験できた者だけが会員になれるのが三〇〇度クラブ。報告者は指先に軽い凍傷を負ったと書いている。

南極点は標高が二八三五メートルある。日本でいえば浅間山より高い。だから訪問者は寒さだけでなく高山病にも悩まされるという。ちなみに平均気温はいちばん暖かい一月ごろで零下二五度、最も寒い七月には零下六〇度まで下がる。ぼくは冬のフィンランドで零下三〇度までは体験しているけれど、さすがに三〇〇度クラブに入りたいとは思わない。

存在しない島々の話というのもある。南極大陸の周囲には十九の島ないし諸島があるけれど、その他に十八ほどの島々がある時期までありもしないのに公式の海図に記載されていた。そのうちの三つは実在したけれど、小さな火山島だったので爆発で消滅してしまった。日本近海ならば、一九五二年に伊豆七島の先に生まれてほぼ一年後に爆発で消えた明神礁のようなもの。

しかし残りの大半の島々ははじめからなかった。その理由の一つは岩などを乗せて漂う氷山を島と見誤ったものだ。遠くから見るとたしかに島に見えるから、その目撃の報告が公式に記録されてしまうことがあったらしい。

もう一つは歴然たる捏造で、この犯人はアザラシ捕りの猟師たち。アザラシの猟場は島の海岸だから、島を見つけるとたくさん捕れる。そこを独占したいから市場に持ち込んだ獲物について嘘の場所を教える。緯度と経度にしてこのあたりにある新発見の島で獲ったと言う。みんながそこを目指して船を出すが、行った先には島などない。「あれっ？　なかった？　おかしいなあ」とかとぼける。それでも地図には島が残る。

さて、南極に行くか？

このガイドブックを読みながら、相当にそそられている自分に気づく。その気になってお金があれば行くことそのものはさほどむずかしくない。今、南極を訪れる観光客は年間二万人に達するという。その一人になれば数日の酷寒体験ができる。

しかしグループで行くのはなにかと不便だ。数日では足りないと思っても決められた日になったら帰らなければならない。ぼくの旅はいつだって探検ではなく観光だった。ガイドブックが大事というのでもわかるとおり、これまで行った先はどこもある程度まで観光地化されたところだった。そこで普通の人とはちょっと違うものを見る。そのために大事なのは時間であって、ぼくは他の人々より長い時間を目的地で過ごす。

南極でも行く以上は長く滞在したいのだが、団体旅行しかない土地ではそれはむずかしい。ただ長くではなく、本当は無期限というのがいい。帰りたいと思うまで帰らないでいい旅。しかし南極でこれを実行するとなると、それでなくとも高いのに、とんでもないお金がかかりそうだ。

それでも惹かれる理由が二つある。どちらも氷海に関わること。

十年ほど前、知床で流氷の海にカヤックで乗り出したことがあった。流氷が海岸まで押し寄せて海がすっかり氷になってしまったら舟を浮かべる余地はない。逆風で氷がゆるんで海面が見える時にカヤックで出ていく。氷の間を漕ぎ回る。恐ろしくもおもしろい体験だった。

水温は零度前後で、試みに手を水に入れると猛烈に痛い。冷たさの感覚はあるレベルを超えると痛覚に変わるらしくて、五秒くらいが我慢の限界。カヤックが転覆するとこの海に浸るのだと思う緊張感はなかなかのものだった。平水ならばぼくの伎倆でも転覆はしないし、海は風も波もなくて静かだったけれども、流氷には水面のすぐ下に幅数十センチの棚のような部分がある。うっかり近づいてそこに乗り上げるとカヤックが傾く。この状態からの離脱はなかなかスリリングだった。

カヤックは水面のすぐ近くに視点がある。その低い位置からの、青い水と純白の氷だけの風景に視野が染まった。

それをスケールにして百倍くらいに拡大した絵がある。版画家のヨルク・シュマイサーが制作したシリーズで、氷山の浮かぶ海を描いている。氷の質感の描写がすばらしい。ぼくの友人でもあるヨルクの絵は人間の手が触れ得ない絶対の自然を描いている。冷たくて、神々しくて、美しい。自分の眼で見たいと思わせる。一目見たいのではなくずっと見ていたい。

そう言ったらヨルクがいいことを教えてくれた。彼が乗ったのはオーストラリアの南極基地に研究者や物資を運ぶ船だったのだが、その船にはアーティストを何人か便乗させるという制度があって、申請して許可されれば乗せてもらえるらしい。できた作品をまずオーストラリアで発表するというのが条件。これで行けば観光で行くよりずっと長い間あの氷海に滞在できる。

ぼくはこのプランに相当に惹かれている。

II

辻邦生さんについて個人的に

「朝日新聞」1999・8・2

辻さんは昔から若かった。

三十年前から最近まで、いつでも十歳くらいは若く見えた。外見だけでなく、話しかたも話題も若かった。だからぼくは辻さんと会ってお話をして別れた後いつも、年齢からいえば辻さんはぼくよりも父の方にずっと近いのだと自分に言い聞かせなければならなかった。父福永武彦が一九一八年生まれ、辻さんが一九二五年、ぼくは一九四五年である。

最初にお目にかかったのは一九六七年だったか。父が勤めていた学習院で辻さんも教えておられた。研究室に遊びに行った時に、紹介されて感激した。ぼくはその時、辻さんの『夏の砦』という小説に夢中になっていた。

若い間というのはわがままなもので、ぼくは日本の小説が嫌いだった。なんだか湿っぽくて、ぐずぐずしていて、愚痴ばかり。そういう思いでいたから欧米の小説を翻訳で読む方がよほど好きだった。

　しかし、『夏の砦』は違った。重みのある人物が悠然と動いて、人の行動を通じて一つの思想が語られ、背景となる景色にも奥行きがある。なによりも文体が自立していて、こちらにもたれかかってこない。孤独という言葉がまったくセンチメンタルな意味を含まずに使われていることにぼくは感動した。日本の小説のようでないとぼくは思った。

　話の舞台がヨーロッパだからそう考えたわけではない。ことはそう単純ではない。中心に確固たる哲学があって、その表現として小説がある。小説を書くことによってその哲学は強化される。そういう幸福な関係が見えるところが日本離れの印象の理由だった。この物語の、最初から失踪している主人公支倉冬子はぼくのヒロインになった。

　それからは、ずいぶん頻繁にお目にかかった。早い話が押し掛けていったのだ。作家としてぐんぐん伸びている大事な時期に、変な子供が身辺をうろうろして、ずいぶんお邪魔だったのではないかと今になって反省するが、ともかく若い奴はわがままだから。

　最初の出会いから十年後、ぼくがギリシャにいた時に辻夫妻が遊びにきた。デルフィに行こうということになって、辻さんがレンタカーを運転し、ぼくが遺跡を案内した。当時、ぼくの職業は観光ガイドだったのだから、これはお手のもの。夫人の佐保子さんの研究のためにオシオス・ルーカスの古い修道院の壁画を撮影する手伝いを男二人でした。

この時、ぼくの目には辻夫妻は神話の英雄のように映っていた。ふつうの人間たちよりも五割くらい大きな人格が、それにふさわしい大きな運命の変転を経るのがギリシャ神話である。それがそのままこの二人に体現されているかのよう。

もちろんこれは錯覚である。しかし根拠のない錯覚ではないと今ぼくは思う。辻さんの文学の中心にあるのは常に、運命に抗して揺るがない人間、そういう意味における英雄だからだ。背教者ユリアヌスも、天草四郎も、フーシェも、西行も、歴史が大きく変わろうとする時期にその流れの中に立って何かを守ろうとした人物である。作家辻邦生はいつも外力に抗する人間の心の中の力を書いた。それがこの作家にとっての人間性ということだった。

自らもこのヒロイズムを信じておられたのだろう。だから辻さんにはシニカルな面がまったくなかった。そしてそれゆえに限りなく優しかった。辻さんがモダニズムの文学から少し離れたところに立っているように見えたのは、モダニズムというものが（ポスト・モダンとなればなおさら）、神と英雄が死んだ後のシニシズムを土台にしているからである。

文倉冬子は自らの魂の「夏」を「砦」によって守った。この原理は最後まで変わらなかった。辻さんの急逝の報に落胆した今、作品を読み返すことでそれをまた確認したいと思う。

長い未定の時期

『辻邦生全集8』（新潮社）月報 2005・1

今年（二〇〇四年）の二月、ぼくは機会を得てギリシャに行った。このところ毎年のように行っているから、それ自体は珍しいことではない。しかしこの時は目的地がデルフィだったので、帰りにオシオス・ルーカスに寄ることができた。これはずいぶんひさしぶり、正確に言えば二十七年と五か月ぶりのことだった。

オシオス・ルーカスはデルフィから遠くないところにあるギリシャ正教の古い修道院である。なかなかの規模で、キリストや弟子や聖者たちを描いた美しいフレスコ画がたくさんある。建築も一日飽かず眺めるに値する。

一九七六年の夏に初めてここに行った時、ぼくは辻邦生さんと佐保子さん御夫妻と一緒だった。ぼくはギリシャに移住してほぼ一年を経たころで、アテネに住んでいた。そこへ辻夫妻が見えられたのだ。オシオス・ルーカスは佐保子さんの研究にとって必見のところであり、これがお二人がギリシャにいらした目的でもあった。

ぼくは少しギリシャ語を覚えて、日本人観光客を相手にガイドをしながら遊び暮らしていたから、この日帰りの旅に便乗することにした。拙いギリシャ語が役に立つ局面もあるかと思ったのだ。ぼくは車も免許も持っていなかったので、辻さんがレンタカーを運転してでかけた。

アテネを出て、国道を北上、途中から西に折れて片道四時間くらいだっただろうか。オシオス・ルーカスはすばらしかったが、この時は鑑賞するのではなく撮影が目的。研究用の資料写真だから撮りかたもいい加減ではない。佐保子さんが写真家、辻さんとぼくが助手という役回りで、三脚を立て、構図を決め、ストロボを二灯三灯セットして、フレスコ画を一点ずつ丁寧に撮ってゆく。聖者の姿が一瞬だけ闇に浮かび上がる。

今年再訪して、改めて見て、なんといい絵だろうと思った。それと同時に辻さんたちと来た時のことを思い出し、あれ以来流れた歳月に驚いた。二十七年！　そんなはずはない。せいぜい十年くらいというのが実感ではないか。

以前から時間は人をだますとは聞いていた。光陰矢の如しとも言う。しかしそれを言うのはもう若くない人たちだ。若い間は時間はゆっくりと過ぎる。まだまだ先があると思っている。

ことは夏休みに似ている。始まったばかりのころのあの解放感と、空白の数十日を前にした茫漠たる感じ。それとあまりに対照的な、終わりの五日間のあわただしさ。残る宿題の量。まあ人生の宿題の方はできなければ残してもいいらしいのだが。

あの時、ぼくは三十一歳で、辻さんは五十一歳だった。毎日新聞に『時の扉』を連載されていて、航空便用の原稿用紙というものを見せていただいた記憶がある。アテネのホテルでもせっせと書いては送っておられた。

初めてお会いしたのはその十年ほど前だっただろうか。まだ辻さんたちが国分寺にいらした頃だ。ぼくの父福永武彦は学習院仏文科にいて、そこの同僚が辻さんだった。父と言っても幼い時に別れたままで、生活感の伴わない伯父のような父だったのだが、あの頃は一、二か月に一回は学習院まで会いに行っていた。ぼくとしては生涯で最も父と親しかった時期である。

授業の後、匆々と帰途につくまでの短い間にとりとめもないことを話す。その場は父の研究室が主だったけれど、目白駅前の喫茶店（今はなき田中屋）だったこともあり、そんな時に仏文研究室の仲間が何人か同席することが何度かあって、その中に辻さんもいらしたのではなかったか。

紹介されてぼくは、スターに会うことができたファンのような顔になっていたと思う。なぜならば、それはぼくが『夏の砦』に夢中になっていた時期であり、あれはただおもしろく読んだというだけでなく、ぼくにとって本当に救いとなるような本だったのだ。支倉冬子はぼくのヒロインだった。

子供の頃からよく本は読んでいたし、児童文学から普通の小説への切り替えもうまくいった。しかしぼくはその先で何をすればいいかよくわからなかった。自分が何になりたいのかも定かでない。目前ですることは語学はじめいろいろあるが、最終的に自分は何をするべき者なのか。

そういう時に出会った『夏の砦』がぼくの目を開いた。こういうものを書きたいと思ったわけではない。ぼくはその頃は作家になりたいと考えることを自分に禁じていた。福永のような父を持つとそういう道は仮に閉じておいた方が楽でいい。それでも、好きでない日本と距離をおいて、こういうところを目指せばいいのだという、はるかに遠い目標のようなものが見えた。目指すと言うのは、あの作品の雰囲気と自分の人生が重なるような具合になること、あるいはすること。

若い人間は未定型だから、自分の中になにがあるか、それはどういう形で出てくるかをゆっくりと待つしかない。大学では科学を専攻してみたけれど、これはものにならなかった。あの頃は、何になるかという問いを自分に向けては発しないようにしていた。そんな時だったから、『夏の砦』の作者は救い主にも見えた。空白のままに待つことが一つの積極的選択になった。

その後、遊びにいらっしゃいというお言葉をそのまま受け取って、国分寺のお宅まで伺った。日曜日の午前中などに変な若輩が来てとんでもないことを次々に聞くのだからご迷惑だっただろうと今になれば思うのだが、辻さんも佐保子さんもにこにこ迎えてくださった。

若い時のものわからなさ、あの五里霧中の感覚というのは、まこと不安なものだ。だから手がかりになりそうなものがあると必死で追いかける。よき教育者は若い人のその不安感や必死な姿勢をうまく利用して、そっと肩を押して、定まらない意欲に一つの方向を与えてやれるのだろう。
若い時は何かになろうと思っても、その意図はすぐには実現しない、辛いものだが、その前に空白の時期、未定の時期があると知るとその時期は乗り切りやすくなる。ぼくの場合はそれが辻さんよりもはるかに長くてほぼ二十年も続いたのだが、途中で動揺しなかったのは先が見えていたからではなく、むしろそれが本来の姿勢だと思うことができたからだった。この開きなおったような姿勢をぼくは支倉冬子に習ったと思っている。

オシオス・ルーカスにご一緒したのはこの長い未定の時期のちょうど半ばくらいだった。そして、ひさしぶりに今年また行って、キリストや聖者たちの姿をゆっくりと見ながら、前に見える無限の時はなんとも捕らえどころがなくて心許ないのに、振り返ってみると人生というのはなんとあっけないものかと考えた。

今年の夏からぼくは辻さんと縁の深かったフランスに移って、パリから四十分ほどの小さな町で暮らしている。先日もパリに行って、用事を済ませた後、辻さんが長く住まれたデカルト街に足を延ばした。旧宅の前のアンリ四世校の広い高い壁に、美しい木が一本シルエットで描かれ、イヴ・ボヌフォワの「木」という詩が書いてある。今ならばまた辻さんに話したいことがたくさんあるのに、辻さんはもういない、とその木を見上げながら改めて思ったことだった。

さようなら、ジャック。

「ターザン」（マガジンハウス）2002・3・27

去年の暮れにジャック・マイヨールが死んだという報道に接した時、頭の中がすっと白くなった。眩しすぎて見えないはずのものを見てしまったようだった。

もうジャックはいない。彼に会って話をすることはできないし、一緒に海に行くことはできない。大事なものがぼくの世界から失われた。

最後に会ったのは沖縄で、彼は与那国島の海底遺跡を見に来た帰りだった。彼は興奮していた。若々しくて、元気で、七十歳を過ぎているとは見えない。つまり、前からぼくが知っているジャックだった。

一九九四年の春、カリブ海で数週間を共にしたのが始まりだった。彼がイルカとクジラに会うのにいわば同席するのが目的で、海の上や海のそばで暮らしながらこの特異な人物を観察した。なぜこの人物は素潜りで一〇五メートルまで潜ることができたのか、なぜこの課題に挑戦したのか、それが知りたかった。

わかったのは、彼が肉体と知性と精神の三つの領域でバランスよく傑出しているということだった。人間にはできないと思われていたことを実行してみせるにはこの三つのすべてが必要らしい。ぼくは彼を尊敬した。

今、先進国の都会に住む者はみな肉体性の欠如に悩んでいる。肉体は半ばは自然に属するものだから、自然がないところに正しい肉体観はない。ジャックはぼくが知るかぎり最も優れた肉体の持ち主であり、最も実際的で正確な自然観の持ち主だった。だから彼との生活は厳しく、また楽しかった。

なぜ彼は死んだのか。なぜ自分で死を選んだのか。あまりに偉大なことを成し遂げた者にとって、その後の人生が却ってむずかしいものになることがある。ジャックばかりは大丈夫と思っていたが、たぶん辛いことがいろいろあったのだろう。それ以上はぼくにはわからない。

本当を言うとジャック・マイヨールの晩年を支えきれなかった世界の方を糾弾したい気持ちもあるが、しかし悲しいことに、ぼくもまたその無力な世界の側に属する。

エルバ島の葬儀に参列しなかったぼくにとっては、この文章を書くことが葬儀になる。書きながら次第に心が沈んでゆくのはたぶんそのためだろう。

人生の最後に、ジャックは深い深い海に潜っていった。そして、ぼくたちがいくら待っても、上がってこなかった。悲しい思いと共に、今ぼくたちは海を後にする。

日野さんの引力圏の中で

自分の人生において、書物や土地との出会いに比べると、人との出会いは相対的に小さかったと思っている。人を相手にはどうも不器用なのだ。

しかし、日野さんとの出会いは決定的だった。

一九八四年から四年間、ぼくは読売新聞の読書委員を務め、二週間に一度の委員会で日野さんに会った。日野さんの席はぼくの向かい側で、お顔はよく見えたのだが、なにせ不器用だから最初の一年はあまり口も聞かなかったのではなかったか。やがて、書評する本の選択と実際に書いたものを通じて、これは気が合う相手だと互いに気づき、親しくなった。

当時、ぼくは車で大手町の読売新聞社まで通っていた。日野さんのお宅は帰り道の途中にあったので、どちらも委員会の後で飲みに行くという習慣のない身だったこともあって、よくお送りした。いつだったか、二人で大雪の東京を縦断して帰るという小さな冒険をしたこともあった。

「すばる」2002・11

『夢の島』や『砂丘が動くように』を日野さんが連載したのはあれは何年ごろだったか。今ぼくは海外にいてそれを確かめるすべもないのだが、夢中になって読んだことをよく覚えている。日本語でも小説は書けると思った。

それ以上に、われわれに見えているのはこの世界のほんの一部に過ぎないという見かたにぼくは強く惹かれた。一九八七年四月に出た『Living Zero（リビング・ゼロ）』は圧倒的だった。小説ではなくエッセーの形で今のヒトの思想を語っている。多くの書物の引用を重ねて、その間を融通無碍の思索が飛び回り、荘子の逆説から粘菌のふるまいまで、ブライアン・イーノの音楽からオーストラリアのアボリジニの時間論まで、さまざまな話題が魅力的に繰り広げられる。そしてすべては日野啓三という一個の頭脳が宇宙を前にして生み出した意想のネットによってふわっと包まれている。この人は世界と対話していると思った。

この本の支配下にあることを強く意識しているうちにぼくは小説を書きたくなり、現代科学と日本の伝統的自然観が交差する地点を目指して『スティル・ライフ』を書いた。その後の『ヤー・チャイカ』にしても、『真昼のプリニウス』にしても、今にして思うと明らかに日野啓三の引力圏の中で生まれたものだった。

影響は自然科学や哲学に限らない。国際問題に詳しい論説委員としての日野さんの仕事からもぼくは多くを貰っている。ぼくの見ている世界を日野さんはぼくの肩越しに、もっと広く、もっと詳しく見ていたという気がする。それに比べればぼくの目の届く範囲は狭いものだ。

恩返しをしなかったわけではない。十年ほど前、雑談のおりに「アフリカはおもしろいですよ」とぼくは日野さんに言った。無責任な促しに釣られて日野さんはアフリカに行く気になり、旅の前に念のためというので身体検査を受けられた。最初の腎臓の癌が見つかったのはその時だ。「あんたのおかげで命拾いしたよ」と言われても、ことがことだけに素直には喜べない。

しかし日野さんのしなやかな精神にとっては癌もまた契機であった。入退院を繰り返す中から生まれた『光』や『天池』、また多くの短篇に盛られているのは、自分の中で起こっている未知の現象に見入り、それをきっかけに世界を理解しようとしている一人の男の姿である。

初夏に日本を出る前にお見舞いに行って、さまざまなことを話した。相変わらず日野さんは鋭かった。見るもの聞くもの日野さんに報告しようと思いながらこの四か月ヨーロッパをうろついてきたのだが、さて帰国しても報告する相手がいない。改めて自分は大事な人を失ったのだと思っている。

古代的な機智について

多田智満子『封を切ると』（書肆山田）栞 2004・1

多田さんは関西の人だった。ぼくはもともと東京在住で、後には沖縄に家を移したから、振り返ってみるともう何年も多田さんにお目にかかっていなかった。まことと淋しいことだが、しかし旅立たれた後、この空白に思わぬ効果が生じた。亡くなったという気がしないのだ。

あの少女めいた表情や、お声、手のしぐさや抑揚や笑いかたなど忘れるはずがない。実際、脳裏から消しようもない。多田さんのことを想起するたびに六甲山麓には今も多田さんがいますかの如く思われる。

葬儀に列したにもかかわらず、そして葬儀というのは知人みなで集《つど》って逝去を確認する儀式であるにもかかわらず、多田さんにはもう会えないのだということがなかなか実感されない。

対座して、それにしても多くの田に智が満ちるとはずいぶん欲張ったお名前ですね、などと水を向ければ、速やかに諧謔味あふれるお答えが返ってきそうな気が今もする。満ちていた智は機智の智であったと遅ればせに悟る。

言葉の技・言葉の遊戯が詩人の本領。言葉をたぐってゆくだけで、身はその場にありながら魂はどこまでも逸走することができる。その詩人の後をファンというか信徒というか、女神の賛仰者であるぼくたちは息せき切ってわらわらと追う。しかしスピードが違うから女神はいつも後ろ姿しか見えない。この運動体が詩人多田智満子だった。

機智の速度感が多田さんの詩の精髄であった。機智のひらめきが一瞬せせらぎに輝く時、詩人は巧みにそれを釣り上げて、後にゆっくりと料理する。食べ終わった読者は、「魚の本質　魚の精髄」は鱗でも鰭でも身でもなく骨格にこそあると知る（「魚」）。魚の骨格としての機智。

この一巻の中から最も速度感に溢れた詩篇を選ぶとすれば、「岩盤のエチュード」あたりになるだろうか。馬のイメージが次々に繰り出され、変化《へんげ》を重ね、音響すさまじく、見る者を幻惑する。しばしの後、気がついてみるとあたりには「ゆらゆらとたそがれが垂れこめ」、ずっと向こうの方にそっと立ち去る詩人の影。背中が微笑している。

明治以来、この列島に住む人々は、だれもかれも深刻な顔つきで生きてきた。そのため機智という資質はあまり高く評価されなかった。しかし身に起こることや世の動きを余裕をもって受け止めようとすれば、機智に頼るしかない。

生きることは悲哀を集めることだという前提に立った上で、その悲哀を一定の範囲に留め、破壊の力に転化させないための歯止めとして、古代のギリシャ人は機智というものを発明した。そういうことを多田さんと（傍らに書物を積み上げて参照しながら）ゆっくり話したい、話したかった、としみじみ思う。

死の悲哀を一定の範囲に留める。残された者の生活を逝く者が大きくかき乱さないように配慮する。

大いに飲み、また大いに啖《くら》い、さてまた
　大いに他人《ひと》の悪口を
吐《つ》いたあげく、此処に、わし、ロドスの人
　ティーモクレオーンは眠る。

という墓碑を詩人シモーニデースに書かせてからティーモクレオーンなる人物が逝ったのは、これは用意周到を超えて諧謔が過ぎたかもしれない。しかし、これくらいがちょうどいいとギリシャ人は考えた。大袈裟な悲嘆・悲傷の悼詩や挽歌よりは諧謔の行き過ぎの方がずっと好ましい。

ここ何年か、ぼくは大英博物館に通って好きなものを選別するという体験を重ねてきた。古代ギリシャ部門からは、立派すぎるパルテノンの彫刻群は敢えて外して、アクロポリスの小さな建物を支えた乙女姿の柱像と、デロスの墓碑を選んだ。これもまた多田さんと語りたい話題だったが、今は諦めるほかない。

デロスの墓碑はさる青年のもので、静かな悲哀とも言うべき姿だった。これについて「顔がゆがむほどの強烈な悲しみではない。青年は泣き叫んではいない。その段階をすぎて、辛い運命を受け入れざるを得ないことを納得し、諦めによってようやく半分まで薄められた悲哀」と書いた。この段階に至ってようやく彼の姿は浅い浮彫として大理石に刻むに価するものになる。

パトスとは神から送りつけられる危険な熱い情緒である。それをそのままに受け取っては人は狂気に至る。それがギリシャ人の考える悲劇というものだった。オレステスが父を殺したところの母を殺したのは、彼の姉のエレクトラがそこへと弟を追い詰めたのは、この狂気の典型である。

この危険な感情を回避するために、ギリシャ人は悲劇の横に喜劇を置いたのではなかったか。エウリピデスと並べてアリストファネスをもてはやしたのではなかったか。

機智とは、パトスの危険な領域を速やかに走り抜けるための装置だ。だからスピードが大事。この定理を多田さんは多くの著作を通じて、ぼくたち出来の悪い生徒に手取り足取り噛んで含めるように丁寧に教えられてから、旅立たれた。

多田さんを過激に悼むことは詩人自身によって禁じられている。悲傷の思いは機智の回路を辿って一周の上、もとに戻るよう造られている。悲しみがぼくたちを深淵に突き落とすことは決してない。

かくて、ぼくたちは、一つの原理に貫かれた詩人の人生に立ち会えたという馥郁たる思いと共に、霞の彼方に消えゆく女神の後ろ姿を見送るのだ。

米原万里さんを悼む

「中日新聞」2006・6・2

「BUNKAMURA ドゥ マゴ文学賞」という賞があって、数年前にその選考をしたことがあった。普通の文学賞は数名で選考するが、この賞は一人で、そのかわり一回限り。そこで米原万里さんの『オリガ・モリソヴナの反語法』という小説に出会って、受賞作に選んだ。タイトルはとっつきにくいが、読み始めると夢中になる。

米原さんは子供時代をプラハのロシア語の学校で過ごした。その体験を土台に、そこに大きな謎を設定して、大人になった主人公が昔のクラスメートと共にその謎を解くという話。旧ソ連圏の政治のグロテスクと、少年少女の心のみずみずしさ、なんとか誠実に生きようと努力する大人たちなどを描いた本物の傑作。これが初めて書いた小説とは思えない。

それまでにも米原さんの仕事は知っていた。ロシア語の通訳で、エッセーの達人。人を見る目、社会を見る目があって、ユーモアがある。そのユーモアが苦笑ではなく哄笑を誘う。柄が大きくて骨が太い。

『オリガ・モリソヴナの反語法』には秀逸な罵倒表現がいくつも出てくる。その中の一つ「去勢ブタはメスブタにまたがってから考える」というのをぼくは授賞式の対談で自衛隊のイラク派遣に応用してみた。米原さんは笑った。

右へ右へと傾いてゆく今の日本に対する米原さんの批判は筋が通っていて、表現に威力があって、読む者に勇気を与えた。共産圏は滅びたが、社会主義の理念は生きている。資本主義がエゴ丸出しの投機に走るほど、人間を土台に据えた社会主義の必要は増す。

そういう思想に基づいた書評にも力があった。本を選び、正確に読み、読み取ったものを雄弁に表現する。ぼくは米原さんにお願いして自分のウェブサイトに彼女の書評をすべて掲載させてもらっていた。

何年か前からガンと闘っていることは知っていた。気丈な性格のままの正面からの闘いだった。さまざまな療法を身をもって試して報告していた。夏にお見舞いに行こうと思っていたのに間に合わなかった。五十六歳は若すぎる。

「アルジェリアの少年と、東ドイツの少年と、それからハンガリーの少年と、今度は男の子三人の物語を書きたいんです」と米原さんは授賞式の対談で言われた。この小説をぼくたちは読めないことになってしまった。

星野道夫の十年

「終わりのない旅　星野道夫インタヴュー」（スイッチ・パブリッシング）2006・8

星野道夫が死んでもう十年になると聞かされて、ぼくは驚く。

だってあれはついこの間のことではなかったか。

カムチャツカからの連絡を半信半疑で聞いて、やがてそれが本当のことだとわかってみんなが辛い思いをしたのはせいぜい二、三年前のことのように思われる。

もちろん歳月は流れた。ぼくたち友人一同は星野の仕事の意義をたくさんの人々に伝えようとした。その努力はある程度まで報われ、今ではたくさんの人が彼の名と仕事を知っている。

星野道夫はアラスカを自分の領域として選んだ写真家であり、行動的な思索者だった。死んだ時、彼には写真と文章を通じて伝えるべきメッセージがあった。その内容は決して単純明快なものではなく、一点の写真、一行の文章によって伝わる部分もあれば、彼のすべてを見てすべてを読んでも摑みきれないものもある。今また彼の書いたものを読み返し、写真を見ながらそう考える。ぼく自身について言えば、この十年の間に星野につながるようなことをいくつか敢えて選んで体験し、そのたびに彼のことを考えた。

例えば、ぼくは彼が『森と氷河と鯨』で書いたクイーン・シャーロット島に行った。サンドスピットに飛行機で降り、百三十キロ離れたニンスティンツまで行って、まだ立っているトーテムポールを見た。その帰途には海の真ん中でニシンを追うザトウクジラの群れに出会った。彼が遺してくれた指示のままに行って、彼が見たのと同じようなものを見た。彼がいたら結果を報告してたくさん話せるのにと思った。

今年の二月にはフィンランドに行って、北極圏内で零下三十度の寒気を身体で感じ取った。きりりと張りつめた空気を吸い、ダイアモンド・ダストを見て、幻日を見た。オーロラを期待して行ったのだが、そちらは運がなかった。これも彼と話したいことだった。

しかし彼はいない。星野道夫という希有の精神と語ることはもうできない。彼はもう死んでしまったから。いた者がいなくなるのが死ということだ。ぼくはこの十年の間に何人かの友人を失い、母を失い、養父を失った。ぼく自身は実の父が死んだ歳を超えようとしている。人は常に墓標の並ぶ林の中を歩いている。

星野は自然における死についてよく書いた。

この本に収められた湯川の「星野道夫、その旅の軌跡」という文章は、死についての星野の思想を正確に記述している。共感するところが多いが、ここでは内容に踏み込むことなく湯川が引いた星野の文章の一部をもう一度見よう。ここが星野の自然観・死生観の核となるところだから――「私たちが生きてゆくということは、誰を犠牲にして自分自身が生きのびるのかという、終わりのない日々の選択である。生命体の本質とは、他者を殺して食べることにあるからだ」。

一頭のカリブーが狼に倒されて死ぬ。しかしその死は喪失ではない。その命はまず彼を食べる狼によって継承され、また彼が死んだことによって死なずに済んだ他のカリブーたちによって継承され、食物連鎖や生態系によって結ばれたすべての生き物によって継承される。それが自然における死の意味だ。だから死は決して否定されるべきではない。たとえ星野の死にしても。聖書は言う――「一粒の麦、死なずばそれにてあらむ。死なば多くの実を結ぶべし」。

ぼくはそう信じて、ただ悲しむだけでなく、死を超えて彼の思想は継承されるべきだと考えた。それが人間における、精神と思想における食物連鎖と生態系の意義ではないか。血と肉としての、キリスト教で言う聖餅と葡萄酒としての、星野の写真と文章ではないか。

この十年の間に星野道夫の名は広く知れ渡った。なんと言っても彼のメッセージには強い力があるし、また時代はいよいよ悪くなってその分だけ彼のメッセージを必要とするようになっている。だから展覧会にはたくさんの人が押し寄せることになった。悪い熊との遭遇という彼の死の事情そのものが人々の想像を強く促した。その結果、数百万の人々が彼の不滅の精神を食べたということだ。改めて彼の精神を生きようとみながその一部を心の中に取り込んだ。もう彼が忘れられることはない。そう考えてぼくたちは安心していいのだろうか？

ある時期、彼の人気のあまりの高さをぼくは危惧した。どういうことになっているのだろうと考えこんだ。今の文明に刃を突きつける強烈な思想は手際よく省かれ、美しい風景とかわいい動物だけが抽出されて消費される。星野の肉体はヘッド・スープにはならず、カレンダーと絵はがきに加工されて、歯ごたえのない安直な食べ物に堕してしまう。

しかし、その危惧はたぶん間違いだ。

メッセージの受容はさまざまな形を取る。彼自身の役割を代行するつもりで働いたぼくたちの予想や思惑とは別のところで、メッセージそのものが求める人々を探して広い世界に散っていった。行く先々で歓迎された。

ここまで書いてきて、ぼくは星野道夫の生涯から死を経てその思想の流布と受容に至る過程があまりにイエス・キリストに似ていることに気づいて戦慄する。先ほどたまたま血と肉の連想から聖餅と葡萄酒に思いが及び、それが聖体拝受までつながった。あの連想にはもっともっと先があった。

自然が彼を選んでアラスカに呼び寄せた。今の世界の人々が最も必要としているのは本来の正しき自然観の回復である。そのために彼は自然を学ぶのに最適の地に赴き、そこで見て、聞いて、動いて、考えて、自分の思想を形成した。アラスカが彼のベツレヘムであり、ガリレアであり、エルサレムだった。そこで多くの写真と文章が準備されたが本当の広範囲の流布はまだ先だ。

普通の思想家ならばそこからゆっくりとした成就がある。しかし自然が彼に配給したのは、劇的な死を経由しての爆発的な思想伝達という手法だった。一つの星の死によってこそ実現する超新星の誕生。

自然を神と読み替えれば、これはイエス・キリストが辿ったのと同じ過程である。彼のメッセージを巡って解釈による深化とメディアによる大衆化という二つの現象が同時に起こった。あの熊との運命的な（フェイタルな）死について、他の解釈のしようがあるだろうか。あれが彼の十字架だった。

つまり、ぼくたち友人一同は使徒として彼の死後を担ったのだ。あれは福音を伝えようとする努力だった。

彼が遺した写真と文章は福音書によく似ている。一行だけでも意味が深い一方で、ぜんぶを読まなければその全容は理解できないと思わせる。繰り返しの多い、しかし強烈なエピソードに満ちた、フラクタルな文体。

この四月、今ぼくが住むフランスの町の近くの村で、たまたまキャフェに入った。壁に動物の写真がたくさん飾ってあり、奥の方には自然系の写真集を並べて売っているコーナーがある。店の経営者は何冊か本も出しているネイチャー・フォトの専門家で、ぼくが日本人と知るとそれだけで

「おまえはオシノを知っているか?」と聞いた(フランス語ではhの音が落ちるから、ホシノはオシノになる)。その姿勢は崇拝に近い。福音はここまで広まったのだとぼくは思った。

しかし彼の思想が世界を変える日は遠い。人は自然を見ず、いよいよ人工的・自閉的な空間にこもって、消費ばかりに明け暮れている。だからこそ彼のメッセージは求められる。決して罪から逃れられない人間にこそキリストの言葉が働きかけるように。

Ⅲ

明晰と、広い視野

『加藤周一セレクション1』（平凡社ライブラリー）解説 1999・9

加藤周一の文章は明晰である、というセンテンスの内容は決して自明ではない。「明晰なる文章」というものについて、書き手であるぼくと読み手のあなたの間に共通の理解がなければ、このセンテンスの意味は宙に浮いてしまう。

では「明晰なる文章」とはなにか。ここでそれを説明するのに、やはりぼくは加藤の文章を例にとることになる。加藤はたとえば、『文学の擁護』を、文学の定義を論ずるところから始める。思想とはつまるところ彼我のものの考えかたの違いである。どこまでが同じかを明らかにしておかなくてはどこからが違うかはわからない。どこまでが同じかがすなわち定義であり、ここではヨーロッパ大陸とイギリスで文学という言葉の内容がいかに異なるかがまず明らかにされる。そこを出発点として話は進む。その進めかたも、飛躍を避けて一段階ずつの進展が読者に論理的に納得できるようにという配慮がある。納得できなかったらもう一度戻って考えればいい。結論に至る筋道はすべて開示してある。

明晰というのはわかりやすいという意味ではない。伝えるべき内容が複雑で非日常的であれば、いかに明晰な文章で書いてあっても読むのには苦労が伴うかもしれない。しかし同じ一点から出発して一歩ずつ辿れば最後には結論に至ることができる。途中に分岐はないし、渡れないほどの深い谷（つまり論理の飛躍）もない。

そういう意味では「明晰なる文章」とは読者を選ばない文章であるということができる。読む者の共感を求める文章はしばしば明晰でない。共感しそうな読者にとって明晰さは必要ないし、共感しない読者は相手にしないのだから。共感とは最初から書き手と読み手の間になんらかの共通性を前提にしたときにはじめて成立するものだ。そういうなれあいの姿勢についてくるものだけを選ぶという形で読者を限定する。同じようにして、論じられる事柄について何か秘儀的な知識がないとわからないのでは明晰な文章とは言えない。

そして、加藤周一の文章が明晰であるとしばしば言われるのは、それと対照的に、世の中に、あるいは日本の文学者の書くものの中に、党派性の内部でお互いに共感を交換しているだけの文章が多いからである。仲間うちだけで通用するような用語や論法があまりに多く、部外者にはよくわからないことが少なくないからである。

逆にいえば加藤の文章にはどこででも通用する普遍性がある。読者を限定しない。加藤の言説に賛同しない者は加藤の一つの文を読み進めることによって説得されるか、あるいは論理的な反論を書くか、いずれかでなくてはならない。しかし、反論を書くためであっても、その人物は読者となりうる。最初から排除されてはいない。

どこででも通用するというのは単なる言葉の綾ではない。どこででも通用する文章だから、加藤周一は日本の文学・文化を海外に紹介するという任務に於いてあれほどの成功をおさめ（たとえば彼の『日本文学史序説』は七カ国語に訳された）、海外の事情を日本人に伝えることにも大きな貢献をした。彼の文章が国境を越えうるものであり、日本でも欧米でも通用する普遍の尺度の上に構築されていたからである。

日本人は往々にして、日本の文化は特殊だから外国人にはわからないとか（これは一種の優越感）、特殊だから外国では通用しないとか（こちらの方は劣等感）考えがちである。川端康成がノーベル賞を受賞した時のスピーチ「美しい日本の私」はこの二つのコンプレックスがないまぜになったたままに美文に乗っているという不思議なもので、明晰でない文章の典型だったとぼくは考える。川端はあの時、日本文化の特質を欧米に向かって説明しようとしたのではなく、それに対する共感を求めていたのだ。

しかし、それでは日本文化は外に出られない。すべての文化はそれぞれに特殊であると同時に普遍である。この両面性が文化というものの最も重要な点ではないのだろうか。よき文化は普遍の面と特殊の面を共に濃厚に備えている。だからクロサワは日本だけでなく世界の映画史に残ったし、川端自身がどう思っていようと川端の小説は世界で読まれた。フランスの役者たちが先代野村万蔵の狂言に感動したという加藤の報告（『著作集』第十一巻）がぼくは好きだ。ぼく自身先代には夢中になっていたから、これがわからないはずはないと思ったものだ。

加藤周一は「美は客観的である」という。美というのは個人の好みに依存するふらふらと頼りないものであるかに思われがちだが、たとえばサモトラケのニケ像に多くの人が感動するとすれば、その美は客観的であり、論理的に扱うことができるはずだ（もっとも、この「美は客観的である」という提言の先にはたしか「しかし、美人は主観的である」という一行が続いていた。この言葉の意味するところについては各自で考えていただきたい）。

だれかが全体を見ていなければならない。加藤自身が引用しているプルーストをもう一度引けば、「望遠鏡による観測は、顕微鏡による観察と相補うはずである」ということだ。もっと現代らしい比喩を用いるならば、みんなが望遠レンズで景色の細部を拡大した写真ばかり撮っているのでは駄目で、だれかが広角レンズで全体像を撮ってくれなくてはならない。そして戦後の日本でもっとも解像度の高いレンズをもって全体像を撮ってきたのが加藤周一だということになる。その全体像もまた細部の集積。

だから、もう一度言うことになるけれども、『文学の擁護』はヨーロッパ大陸とイギリスで文学の定義がいかに違うかというところから始まっているのである。それはジェイン・オースティンの専門家やデリダの研究者にはむずかしいことで、ましてそこに中国を加えた上で日本と比較するというのは、この人以外にはできることではない。そういう全体像をまず押さえておいて、その上で文学を考える。文学の役割を考える。

加藤の言わんとするところを強引に要約すれば（これは本当に強引。要約できるような簡単な内容ならば彼は最初から短く書いただろうから）、英米型のフィクションを中心とする文学観は「役にたたない」ということだ。形式によってではなく文体によって定義されるところの大陸型の文学の中から、人間の精神の未来像を導く作品が生まれる（だろう）。

いかなる作品からも政治を排除することはできない。なぜなら人間とは好むと好まざるとにかかわらず政治的な存在だから。この点を加藤はプルーストの一行を分析することで見事に証明してみせる。いかにも艶冶な社交界小説に戦争がくっきりと影を落としている。しかもその影は決して唐突に挿入されるのではなく、『失われた時を求めて』全体のトーンに乗って、一人の女性の性格とふるまいを説明するための比喩の中にひそやかに現れている。ひそやかではあるけれどもくっきりしている。その伎倆がプルーストだ。

さきほどぼくは、だれかが全体を見ていなくてはならないと書いた。今の日本で国家主義がまたゆっくりと台頭してきている。国家対市民という構図において、国の方が次第に強くなってきている。個人の上に国を置くような論者がどんな論法を使うものか、それについてある程度の普遍性のある実例がほしいと思ったら、ゴットフリート・ベンの場合をみればいい。加藤はもちろん市民の側に立っている。全体主義者を論破しようとしている。その時に相手側で弱い奴、だめな奴、いいかげんな奴を選んでやっつけても意味がない。相手方の最良のスポークスマンを選び出して、その言説に含まれる矛盾を明らかにし、その考えがわれわれを幸福の方へは導かないことを明らかにしなければならない。だからゴットフリート・ベン。

実際にはこの文章は論破ではない。冷静な分析。ベンが例えばカミュと比べてどこでちがったのか、どこで両者は別れたのか、微妙にして決定的な一点はどこにあったのか。その過程が数式の展開のようにきちんと一段ずつ、辿られる。今、「ファシズムと戦争屋の仕事は終った」けれども、しかしファシズムの「静かな支持者のなかには、相当の思想的根拠があったのであり、その根拠は今でも生きているのである」。

覚えておいた方がいいことだ。何年か後、ぼくたちの前に若くて才能にあふれたゴットフリート・ベンが登場しないという保証はないし、その時にはこの加藤の文章がぼくたちのよりどころになるだろう。だれかが全体を見ていなければならない。第二次大戦の前後を生きたドイツの詩人まで視野に入れておいてくれなくてはならない。それを明晰な言葉で語ってくれなくてはならない。

知識の断片ばかりが「情報」という名であふれ、総合的にものを考える力がこんなに速やかに衰退してゆく時代は危険である。だから、自分たちのいる場所を測定する基準点として、思考のトレーニングのテクストとして、加藤周一は読まれなくてはならない。

知識人のポジション

『林達夫セレクション1』（平凡社ライブラリー）解説 2000・10

林達夫は信用できる。時代の風がどちらから吹こうと、彼はしかるべき地点にまっすぐ立っている。彼がどこにいるかを見て、人は自分のいる場所、いるべき場所を確定できる。定点として使える知識人が少なく、多くがふらついた時代にも林達夫は、該博な知識によって強化された判断力によって、自分の針路を常に正しく取っていた。だから信頼できる。

しかし、それと同時に、林達夫は悲しい。この一巻の巻頭に置かれた「反語的精神」は彼の悲しみがもっとも素直に現れた文章で、かつてぼくは彼を指標として生きるかぎりこの悲しみを共有しなくてはならないのだと思ってしばしば読んだ。

何が悲しいのか。「私の見解では、近い過去において、知識階級にとってもっとも重大な決定的時期だったと思われるのは、一般に考えられているように十二月八日ではなく、むしろいわゆる大政翼賛運動がはじまったときであるが、実はこの時の知識階級の行動決定のさまを見て、私はそのとき既にもう万事休すと見透しをつけてしまった人間であります」と言う時の林達夫のポジションがぼくにはよく見える。

見透しをつけてしまった後で、事態が予想どおり壊滅に向かうのを見ているのは、それが他ならぬ自分の国のことだというのは、悲しいことである。自分の意見が容れられなかったというのも悲しいことである。

開戦前夜という時期があり、そこで主戦論と反戦論が展開された。その後、いざ戦争になってみたら日本はたまたま負けてしまった。そして、戦後、反戦論者は主戦論者にそれみたことかと言った……

そうではないのだ。こういう単純化された図式によりかかった解釈が戦後しばらくたってから、もっぱら主戦論者の力ない反論として行われたが、実際はそうではない。戦争に賛成か反対かを述べる前にはこの戦争に勝てるか否かという事実判断があった。日本という国の実力に関する評価があった。あの戦争はたまたま負けたのではなく、だから主戦論者はたまたま勝ち馬券を買えなかったのではない。その馬は絶対に勝つはずがなかった。

たしか松本重治だったと思うが、開戦を前にして政府首脳に呼ばれ、アメリカという国と国民性についてレクチャーをしたという話を読んだことがある。アメリカ人は個人主義者だから緒戦で負けたらすぐに矛を収めるだろうという勝手な予想に対して松本は、アメリカは日本がたとえ西海岸からミズーリ州まで攻め込んでも降伏しないだろうと答えた。そしてアメリカ人の国民性が知りたいならば『風と共に去りぬ』という小説を読んでほしいと言った。

非常に正確なアドヴァイスだったけれども、もちろん聞いた側はこれを無視した。結果は周知のとおり、と言うとただの結果論になってしまう。大事なのは、松本が知っていることを政府首脳は知らず、知る機会を与えられても知ろうとしなかったという点である。その時の松本の位置こそが、知識人のポジションなのだ。

なぜ、林達夫は「反語的精神」について書いたのか。反語はアイロニーである。今の広辞苑第五版の「反語」の項には「アイロニーの訳語」という語釈は書いてない。新潮国語辞典にもないが、「相手に反問してその説の自家撞着を悟らせる論法。ギリシャのソクラテスなどが好んで用いた方法」というのは正にアイロニーのことだ。

もう一歩踏み込んで言えば、アイロニーとは自他の間に知識・情報の差がある場合に、それを理由として生じる一種の知的現象である。ソクラテスは相手が間違っていることを最初から知っている。それを直接は指示せず、相手が正しいと形ばかり認めた上で話を進め、いわば落差を用意した上でどっと水を落とす。この落差がアイロニーの原動力である。

歴史的アイロニーとは、たとえば、戦争の結末を知っているわれわれの世代が開戦に際して提灯行列をして祝った大衆に対して感じる沈痛な思いである。われわれと彼らの間には結果を知ると知らないという情報の落差がある。劇場的アイロニー（なんと林達夫的な組合せ！）では、観客が知っていることを舞台の人物は知らない。罠と承知で進むヒロインに対して観客が抱くのがアイロニーである。

二十世紀ギリシャのもっとも優れた詩人であったK・P・カヴァフィスに「祈り」という詩がある。

海がその深みへ一人の水夫を連れこんだ——
彼の母は何も知らずに聖母のところへ通い

その前に丈高い蠟燭をともす
息子の早い帰還と好天を祈って——

そして全身を耳にして風を聞く。
しかし、彼女がそうして祈ったところで、
聖画は厳粛に悲しげにそれを聞きながらも、
知っている、彼女の待つ息子がもう決して戻らぬことを。

K・P・カヴァフィスは、以前はまったく知られていなかったが、林達夫が親しむべき詩人だったとぼくは考える。これほどアイロニーを巧みに書いた詩人は他にない。

つまり、相手が知らないことを知ってしまっているというのは悲しいことなのだ。なぜならば、その事実によって人は親しい関係から疎外されるから。

問題はその先である。このような状況にあって知識人はどうふるまうべきか。「哲学には、今や隠退するか、討死するか、でなければ何らかの形のコンフォルミスムの道に歩み入るか——この三つの途しかのこされていません」と林達夫は言った。しかしこれは彼の流儀での、彼自身の「行動綱領の宣言」であったと同時に「また心ある人々へひそかにアピールせんとした戦術論でもあった」という。

戦いつづけることはできないのか。殉教コンプレックスを抱いて猪突猛進の果てに自滅するのではなく、「心中深く期するところのある古代支那の刺客のように、今を時めく軍国主義の身辺近く身を挺して、虎視眈々としてその隙を窺」う者もいたのだ。彼らの数はあまりに少なく、その力は弱かったが、それでも最後の最後に、あんな形にせよ、ともかくも戦争を終わらせたのは彼らではなかったか。ベルリンは壊滅して四地区に分割されたが、東京は残った。

彼らを名指しで賞賛することはできない。事実はそんなにロマンティックな美しいものではなかった。それは「よく考えてみると、これも権力なき知性と団結なき闘志が絶体絶命の境地に追い込まれた瞬間、無意識に発揮する狡智と謀略の憐れむべき最期のあがきだったのかも知れない」とむしろ冷ややかに言い放つ。

この文体、この論法が林達夫である。というのも、このすぐ前で彼は彼ら「不逞なる精神」の「祖国の代表者であり同時に祖国の敵である傲れる指導者のかくされたる最大弱点をさぐり、あわよくばこれに一挙手一投足の労で致命傷を与え得る手がかりを得ようと」する意図を肯定していたのだ。彼が伝えるべきことはAと反Aの間にある。だからAを言った後ですぐに反Aを述べ、真実をこの二つの間に挟み込む。しかし、結局それ以上は深追いしないのだ。なぜならば追っても追いつめきれないことはわかっているから。いつでもどんなところにもこの「わかっているから」が顔を出す。だから林達夫は「反語家」にならざるを得ない。

ソクラテスは、知ったつもりの相手に知らない者のふりをして接近する。これがソクラテスのアイロニーの戦術であるが、ここには、あいつは本当に無知だと思われる危険が潜んでいる。最終的な逆転の時まで見ていてくれる観客がいればいいが、せっかくの問い詰め劇の途中で席を立ってしまう観客はソクラテスの方が愚かだと考えるだろう。初めて見た『刑事コロンボ』の途中でチャンネルを替える視聴者はコロンボは無能だと思いかねない（と書いたところで気づいたのだが、『刑事コロンボ』こそ劇場的アイロニーの典型ではないか。これまた林達夫がいかにも好みそうな芝居である）。

今にして思えば、林達夫の時代にはまだ知識人と大衆がはっきりと分かれていた。一つの階級として知識人というものがあった。その後、知識人というポジションの維持がむずかしくなったところで、彼らは大衆の中に紛れ込んで、機会を見ては知的反撃を試みるようになった。いい年をしたおじさんがアイドル歌手を論じ、「ユリイカ」が中島みゆきの特集を出す（それだってもう十年も前のことだ）。

林達夫はこの傾向を先取りしている。林と久野収の対談集『思想のドラマトゥルギー』の中で、この二人がいかに嬉々として西田佐知子や藤圭子（宇多田ヒカルの母、念のため）を論じていることか。

「現代はテレビの時代ですから、僕はテレビの大衆芸能の問題を一番重視している人間ですが、従来の芸能についても、目先のことに一喜一憂する必要は少しもないと思います」と林達夫は言う（平凡社ライブラリー版、三〇〇頁）。

この姿勢は何かに似ている。さきほどの、「古代支那の刺客」、反体制の意志を持ちながら仮に体制の中に入って反撃の機会を虎視眈々と狙っている知識人。先を見透して絶望しながら、まだ何かできることをまさぐっているアイロニカルな存在。

どこかですり替わったのだ。戦時の国粋的指導者とおなじ位置にあってすべてを動かしているのは今や大衆である。戦時の国粋的指導者にしたって巧みに大衆の動向を制御し、彼らの蛮勇を鼓舞し、そのエネルギーに乗ってこそ戦争を遂行できた。だからこそ挙国的な動員が可能だった。今、大政翼賛会の役割を演じているのは広告代理店である。専制君主である大衆を彼らが巧みに操るという構図。

アイロニーの悲しみの極まりは、カッサンドラだ。負けたトロイの王女。アポロンの求愛を拒んで、予言の能力を半端に持つことになった美女。彼女には未来がすべて見えるのに、誰も彼女の言うことを聞こうとはしない。アガメムノンに連れられてその館に入る時、その先で起こる悲劇が彼女にはわかっている。しかし、アガメムノンは忠告に耳を傾けない。

ぼくには林達夫が陽気を装ったカッサンドラのように思える。

異国に生まれなおした人

『須賀敦子全集1』（河出書房）解説 2000・3

須賀敦子は日本文学においては、やはり特異な作家である。ぼくがそう考える理由を整理してみよう――

第一に、彼女の執筆活動は最晩年の十年ほどに集中的に行われた。

第二に、彼女が書いたのは優れたエッセーであって、時として小説に近づいたけれども、小説そのものにはならなかった。しかして彼女はそのエッセーにおいて見事な成果を上げて多くの読者を獲得し、一流の文学者の列に加わった。小説万能の現代にあってはこれは珍しいことである。

第三に、彼女が書いたのは、そのほとんどがイタリアという異国の話であった。閉鎖的な日本でもさすがに最近は外国を舞台とする物語が増えてきたが、それでも、ただの旅行記や滞在記ではなく、完全に外国の社会の一員となって長く暮らした者の作品は少ない。

なぜこのようなことが可能だったのか、要約してしまえば、須賀敦子が書いたのは結局のところ、自分のイタリア生活の体験であり、その意味では創作ではなく報告であった。その体験の記憶が熟して（つまり、主観的な思い出に客観的な価値があるという確信が生じて）書けるようになるまで待っていたから執筆は遅れたし、フィクションの技術を巧みに用いながらも基本が報告であった以上フィクションにはならなかった。また彼女のイタリア暮らし自体が高度に文学的な形でしか報告できない知的体験であり、その高度に文学的な報告を実現する能力を彼女が持っていたから、これだけの優れた作品が残った。

では、須賀敦子のイタリアとはどういう体験だったか。

別の国に行って暮らしはじめる。子供の時から使っているのとは別の言葉を学び、見慣れない顔立ちの人々にかこまれ、違う種類のものを食べ、違う習慣に浸る。この試みがうまくいった時、人はたぶん生まれなおす。

つまり、乳児としてこの世界の中に生まれ出て、親をはじめとする他の人間たちとのつきあいを始めた時と同じことが繰り返される。ぼくは人生のこの時期に特有の、周囲に対する積極的な受動性ともいうべき姿勢のことを言っているのだ。幼児は与えられるものすべてを受け入れる。感覚が捕らえるものを貪欲に吸収する。知ったことはすぐに試してみる。上手にできれば誉めてもらえる。少々の間違いが混じるのはしかたがない。そんなものは後になって修正すればいいし、たぶんその時間はたっぷりあるだろう。まずは速やかにたくさんのものを身につけることが大事。言葉や習慣を嬉々として覚え、使って、身につける。周囲から笑われながらも先へ進む。何年かして気がついてみるともう一人前になっている。

須賀敦子がイタリアに行ってからの日々は正にこの積極的な受動性に支配されていた。彼女が最初に行ったのはフランスだが、フランスは彼女に合わなかった。人と国との間にも相性というものがあって、彼女の性格はフランス向きではなかったのだろう。彼女とフランスの出会いは生まれなおすような祝福に満ちたものにはならなかった。

しかし、そのフランスへの旅路の途中で、須賀敦子は、それと気づかずに、ちゃんと次の試みの布石を打っている。一九五三年に彼女は生まれてはじめてヨーロッパに行ったのだが、その時に日本からの船がまず着いたのはイタリアのジェノワだった。そこで、マリア・ボットーニという初対面のイタリア女性が、「日本にいる共通の知人の頼みをこころよく引き受けて」彼女を出迎え、パリ行きの汽車に乗せてくれた。「At-su-ko? とまぶしそうに、突堤に停泊した船を見上げてたずねている彼女の声がいまでも耳に残っている。」それでは、この文章の中では、彼女を迎えたマリアをはじめすべてのヨーロッパ人が呼んだように、この時期の須賀敦子をアッコと呼ぼう。

ジェノワでの短い出会いだったのに、マリアはパリに行ったアッコに後々もよく手紙をくれた。こまかい読みにくい字で自分の近況や友人のことを書いた葉書。翌年の復活祭にパリからローマを訪れたアッコはマリアに再会し、宮殿に住む公爵夫人の夕食会に一緒に行く。そのまた翌年の夏にはマリアの紹介でペルージャに行ってイタリア語を学んだ。今となってみれば、この勉強が後の長いイタリア暮らしの礎石になった。パリ留学を終えて日本に戻っても、マリアからはまだまだ葉書が来る。それと共に「当時イタリアでカトリック左派といわれたグループが出していた小さな出版物を送ってくれ」る。どうも彼女の友人たちがそういう運動に関わっているらしい。

しばらく日本で暮らした後、一九五八年にアッコは決意してふたたびヨーロッパに向かう。この時に彼女は外国で暮らしてそこの文化と言葉を学ぶことを人生の当面の目的として選び取った。ちょうど何年か前に大学に入学したのと同じように、一つの国に入学した。

今度はフランスではなくイタリアだった。前に来た時の感触でこの国が自分と相性がいいことはわかっていたし、実際この移住は成功した。アッコは生まれなおした。この国と人々と言葉の中に深く入り込み、暮らしを楽しみ、何よりも新しいものを覚えることを楽しみ、やがてはマリアが送ってきた「カトリック左派といわれたグループが出していた小さな出版物」にPという署名で文章を寄せていたペッピーノという人物と結婚するに至る。これでアッコの生まれなおしは完成する。フランスでは起こらなかったことがイタリアで起こった。アッコは幼児の積極性でイタリアを学び、溶け込み、結婚という究極の祝福まで行ってしまった。

この喜びと興奮に満ちた日々の記憶が、後の須賀敦子の文業すべての基礎であり駆動力である。

自分に合った世界にもういちど生まれなおして、日の光を浴びながら言葉と習慣を学んでゆく喜び。それを通じて人々を知る喜び。それが三十年の後に、時の遠近法の美しい構図に収まって、『ミラノ　霧の風景』や『コルシア書店の仲間たち』をはじめとする多くの作品となった。人が本を書く動機はさまざまあるけれど、幸福な体験の記憶というのは中でも最も好ましい。

イタリアで生きた日々から作品が書かれるまでに経過した歳月の効果も大事だ。夫と死別し、なお四年間ミラノに留まって、結局は日本に帰ってくる。イタリアを思い、しばしば行き来しながら、それでも日本に定住して中年から老年への歩みをたどった。その間に思い出は鋭い角が取れて円熟し、味と香りは深みを増し、歳月をおいた分だけ全体の構図が整って、やがて最高の素材となった。

『ミラノ　霧の風景』は十三年間に亘ったイタリア生活をエッセーで書くという試みの最初のものである。「遠い霧の匂い」はどのように書かれたのだろう。ミラノの霧の話を書こうと何年も頭の中で文章の展開を考えて、作っては修正して、実際に紙に向かって書く直前まで完成させておいたのだろうか。それともなんとなく書いてみたらこの形になったのか。実はこの二つはさほど違わない。準備作業が意識の表面で行われたか意識下で行われたかの違いだけで、いずれにしても準備なくしてこれだけのものが書けるはずがない。

準備はさまざまの過程からなる。まずは文体。須賀敦子はたいへん言葉に長けた人だった。人は外国語ができる者をうらやむが、外国語に堪能な者はたいていの場合まず日本語がうまいのだ。母語を、一つの言葉としてではなくすべての言葉の原型として身につける。日本語というレベルよりも深い一般言語として習得する。それができていれば、原理は他の言語にも応用できる。そういう基本的な言葉の能力、言葉のセンスというものがある。だからアッコはイタリア語で生活して、彼の地のインテリたちと思想を語り、韻の響きを賞味しながら詩の優劣を論じるという、言語の習得における究極の段階まで行くことができた。

しかもそれを日本文学のイタリア語訳という仕事で磨いた。ぼくはイタリア語は知らないし、彼女が訳した「七百ページ余りの『日本現代文学選』」を手に取ったこともないのだが、これが優れた仕事であることを証言する声は多い。日本語の優れた文章を大量にしかも精密に読む作業。この翻訳を通じて須賀敦子は文章語の達人になったのではないか。

そういうことをすべて考えあわせても、「遠い霧の匂い」は見事な出来である。霧を官能的に捕らえ、それをもってミラノという土地を語り（つまりはミラノを称え）、霧に関わる印象的な体験をいくつか散りばめ、最後にドラマチックな悲劇で終える。完璧なエッセーだ。

加工の技とは別に素材のよさも大事。まずは彼女がイタリアで大変によい生活を送ったということがある。よい生活とは経済的に豊かという意味ではなく、おちついて、見るもの聞くものに誠実に接し、着実に暮らしたということ。だからアッコは友人に恵まれた。『ミラノ　霧の風景』にしても『コルシア書店の仲間たち』にしても、結局は友人と家族についての話である。人との交渉なくして人間の生活はない（アッコは聡い目と正しい判断力を持った優れた観察者であり、人々の生きかたを深くよく見ていた。その人物観察の成果の一つが、知りあった人々についての短いエッセーを連ねた『旅のあいまに』である。この長さの中にこれだけ生き生きとした肖像を収める伎倆はまこと讃嘆に価する）。

『ミラノ　霧の風景』に哀しい話題は少なくない。アッコにとってイタリアへのチチェローネ（導き手）だったマリア・ボットーニにしたって幸福とは言えない人生だっただろう。いい家系の出らしいのに、早い話が一人暮らしのさびしい老嬢である。アッコはマリアの性格と不人気、かつて半ば偶然からレジスタンスに関わった彼女の人生の高揚の瞬間などをすばやい筆致で描く。そこに水彩の淡い色を添える。そして、最初の出会いから三十年ほどの後に日本に来たマリアのエピソード。過ぎた歳月の分だけ距離をおいて、マリアの内面をわずかに見せた巧みな小伝。

不幸といえば、ガッティはどうだろう。彼については『ミラノ　霧の風景』に「ガッティの背中」、『コルシア書店の仲間たち』に「小さい妹」と二つの文章がある。ガッティはコルシア書店の仲間の一人で、「善玉の資本主義」者であったアドリアーノ・オリヴェッティが作った出版社コムニタの編集者であると同時にコルシア書店の「出版部門を一手にひきうけていた」。この話は『ミラノ　霧の風景』に収められたエッセーの六番目という位置にある。コルシア書店という自分のイタリア生活の土台であった場にそろそろ触れなければと思った時、彼女はこの不思議な店を紹介する役をガッティに振った。彼をさりげない入り口にした。

ちょっと変わった風体。「変り者だし、風采もあがらない。どちらかというと、ずっこけた存在」。仕事の面ではプロデューサー型ではなく、レイアウトや校正に長けた実務型の編集者。「格安で美しい製本をする、ミラノ郊外の修道院にまで」アッコを連れてゆくようなよき友人。しかし、崇拝するアドリアーノが死ぬのと前後して、ガッティの精神は「はてしない坂道を、はじめはゆっくり、やがては加速度的に下降しはじめ」る。

その下降の話を、あちらこちらに寄り道しながら、その寄り道の途中でこの頃の生活や交遊仲間のことやミラノの雰囲気を巧みに交えながら、語る。最後は精神を病んで会話もままならなくなったガッティを見舞いに行き、「才気にあふれた、冗談好きな昔のガッティ」、「山ほど笑い話の蓄えをもっていて、みんなを楽しませてくれたガッティ」がもういないことを知る。

『コルシア書店の仲間たち』の「小さい妹」の方は、編集者としての仕事をこなせなくなった時期のガッティの、その理由の一つである私生活のトラブルをめぐる話。七十ちかくになる父親が再婚する、しかも子供ができる、息子としてどう対処していいかわからないというトラジコミックな状況を中心に据えて、彼の人柄（結局は五十歳ちかく歳の違う妹をかわいがり、かいがいしく世話をすることになった）を語り、書店の活動を説明し、アッコ自身の当時の生活を伝える。

全体としてガッティは、衰退の物語である。人生のある時期に知り合い、親しくなり、すばらしい人だと思ったのに、やがて彼の力は衰え、最後にはその背中を見送ることになった友人の話。ぼくには須賀敦子が書いたものの全体がこの構図を持っていたように思われる。つまり、若くて、元気で、覇気にあふれていた仲間たちが少しずつ力を失っていった話を、二十数年ちかくたってから書く。

トゥロルド神父はどうか。彼はコルシア書店のスターだ。大柄で、優れた詩人で、思想家で、情熱的で、みんなを導く意志がある。カトリックの改革運動の旗がしら。ミラノから追放された反抗の英雄。彼がいかにすばらしかったか、後の視点から須賀敦子は熱を込めて書く。なんといっても「大聖堂でインターナショナルを歌っ」た神父なのだ。

しかし彼はやがて書店から離れてゆく。アッコとペッピーノの結婚に最初反対しながらも結局は結婚式を仕切ってくれた親友であり、友情は最後まで残るけれど、しかし若い頃の協力と覇気の時代は戻らない。最後には「山の修道院」を拠点として、若い修道僧に囲まれて指導的立場にありながら、どことなく収まりの悪い神父の姿が示される。

須賀敦子は後にこう書く――「あれから三十年、東京でこれを書いていると、書店の命運に一喜一憂した当時の空気が、まるで『ごっこ』のなかのとるにたりない出来事のように思えるのだけれど……」

それは、みんなが若かったからだ。須賀敦子の書いたものの一番底のところには青春がある。彼女がそういうあからさまな言葉を回避しているから、ぼくが指摘するのも気がひけるのだが、敢えて言えばそういうことになる。コルシア書店に集《つど》った仲間は要するにみんな若くて、元気で、世間知らずで、向こう見ずだった。カトリック左派という思想を共にする人々が集まって、運動の拠点として書店を作った。

しかし彼らの結びつきはそんなに堅固なものではなく、党組織や鉄の規律があったわけではなかったから、書店は運動の拠点であると同時になかばサロンの雰囲気を持つようになった。みんな意気軒昂であるけれどもこの組織はどこかあやうい印象を与える。だからアッコとペッピーノが結婚すると言い出した時、トゥロルドは「それまで書店の仲間は、みな独身だったのに、ひとりが家庭をもつことで、活動における自由の次元が変化してしまうかもしれない」という危惧を持つのだ。これが若い人々の運動の特質でなくてなんだろう。

若くて元気なところから始めたから、あとは円熟か衰退。どうも彼らは社会運動や宗教改革において円熟に至るほど器用ではなかったらしい。ことの流れは全体として衰退であった。ガッティは身を引き、ペッピーノは若くして亡くなり、トゥロルドは別に拠点を作り、教会の圧力で書店そのものもすっかり変わってしまう。須賀敦子の書いたイタリアにどこか悲哀が漂うのは、イタリアで暮らせたという喜びと同時に、若くて元気だったみんなの共同体が結局は失われてしまったという愛惜の念が根底にあるからである。

文豪マンゾーニの次男エンリコを扱った「さくらんぼと運河とブリアンツァ」という話がぼくは好きだ。魅力的な善良な性格でありながら、「現実に対処するすべを、まったく欠いていた」ために、次第におちぶれ、ずっと父親の厄介になった男。結婚した時はブリアンツァにある宏壮な邸に暮らしていたのにやがてそれも失って共同住宅に住み、困窮して冬の薪代を父にねだり、なしくずしのうちに生涯を終える。つまり、老いるまでずっと青春だったような人物。須賀敦子はナタリア・ギンズブルグの『マンゾーニ家の人々』を訳していて、この人物のことを「とくに不思議な親近感と感動を覚えて読んだ」と書いている。そこに若さとその喪失という須賀自身のテーマを重ねることはできないだろうか。

「さくらんぼと運河とブリアンツァ」でもっとも魅力的なのは、土地の描写である。ミラノとその北にあるコモ湖の間に広がるこの地域がミラノ人にとってどんな意味を持ったか、須賀敦子は丁寧に書いてゆく。その具体的な文章は本文に任せるとして、彼女の文章が知り合った人々の運命に対する共感と共に、イタリア、なかんずくミラノという土地を称える姿勢に満ちていることは特筆に値する。『ミラノ　霧の風景』がミラノの霧から始まったのがいい例で、彼女はさまざまな方角からミラノを見て、時には南に市街を出てサン・ジュリアーノ・ミラネーゼからミラノの大聖堂の尖塔を見て、賛美する。ミラノの街路について、鉄道員だったペッピーノの実家とその界隈について、またツィア・テレーサのアパートメントの裏にあったペレゴ庭園について、あるいはミラノを離れてナポリやヴェネツィアやトリエステについて。土地を書く時、須賀敦子の文章はおのずから祝福に満ちる。まるで人の上にはしばしば不幸が訪れるが土地は終始一貫して幸福であると言わんばかりに。

しばしば不幸に見舞われる人々がそれでもよりよく生きようとする姿に読む者は共感を覚える。そう言ってしまえば話は簡単に思えるが、このよりよく生きるという言葉の内容が、日本やアメリカとヨーロッパとでは少し違うようなのだ。

日本人はつつがなく生きようとしている。周囲の人々から浮かないようにつつましく暮らし、大過なく人生を送る、日本の社会が個人に要請するのは基本的にはそういうことだ。これが日本の社会の雰囲気を決めている。アメリカの場合は基本テーマは成功への促しだろうか。個人は持って生まれた才能を発揮して高い地位に昇り、才能の成果を社会に返すことが求められる。倫理は一歩遅れてついてくる。だからアメリカは世界の先頭を切って変化している。新しいものはすべてアメリカから来る。

そしてヨーロッパでは、特にカトリックの国では、人は神の意思にかなうよう誠実に生きなければならないという暗黙の前提が社会にある。この誠実という言葉の意味をめぐって保守的な教会の権威に反発し、新しい基準を打ちたてようという動きこそがコルシア書店の活動なのだが、それでも誠実に生きるという大前提は決して揺るがない。

『ミラノ　霧の風景』にも『コルシア書店の仲間たち』にも神という言葉は出てこない。うかつな読者は彼らがみなカトリックの信者であることを見逃すかもしれない。しかし、思い出してほしいが、ダヴィデ・マリア・トゥロルドは神父である。召命を受けて神に尽くすことを生涯の職業として選び取った男である。須賀敦子自身が、ヨーロッパに行く前に自分の意思で洗礼を受けてカトリックの信徒になった人物である。書店に出入りする誰にとっても、カトリシズムは人生の枠組であり、神の視線がどこにでもついてまわるのは敢えて口にすることもない常識である。祈ることによって正しい針路を定めながら生きてゆく日々。彼らにとってよりよく生きる、誠実に生きるとはそういう意味だ。

この点を須賀敦子は文章の表面には書かなかった。しかし、彼女の文学の全体を統括しているのはこの原理である。人々はよりよく生きよう、より御心にかなうように生きようと努力している。それはむずかしいことだから失敗もあるし脱落する者も出る。それでも、生まれた以上はよりよく生きるという義務を神に負っているのだという原則は変わらない。

神は土地を造って祝福し、人を造って試練を与えた。だから須賀敦子のイタリアは美しく、そこに住む人々は苦難にみちた衰退の人生を送ったのではないか。彼女の文章の魅力はこの構図から生まれるのではないだろうか。

詩の悦楽について

『須賀敦子全集5』（河出書房）解説 2000・8

この巻は須賀敦子によるイタリア語の詩の翻訳を収める。この仕事の意義を理解するには、詩についてのヨーロッパ的な常識を知っていた方がいいだろう。つまり、詩というものが文学全体、ないし人々の知的生活全体に占める位置が、日本とヨーロッパではずいぶんちがうのだ。そこのところから話をはじめようか。

日本では文芸の中心に小説がある。人々は小説をよく読むし、また話題にする。新人賞の応募作も多い。それに比して詩の方はあまり読まれないし、話題になることも少ない。一般大衆だけでなく知識人の間でも詩の話はめったに出ない。しかも日本の詩は短歌と俳句といわゆる現代詩に分かれていて、その間の交流はないに等しい。これは実は珍しい現象である。

ヨーロッパだって小説はよく話題になる。イタリアならば、アルベルト・モラヴィアやイタロ・カルヴィーノは大作家で、新作が出ればみんなが読んだ。ウンベルト・エーコの『薔薇の名前』はまずイタリアで売れて、それから世界的なベストセラーになった。しかし、それと平行して、詩もまたあるのだ。詩は多く書かれ、読まれ、文芸を支える柱の一本となっているのだ。

ヨーロッパでもぼくが少しは詳しいギリシャについて言えば、人気のある詩人の新作詩集はそれだけで話題になる。人々はよく詩を読むし、書こうと試みる。ギリシャ人にノーベル文学賞が授けられたことが二度あるが、その二人、ヨルゴス・セフェリスとオディッセアス・エリティスはどちらも詩人だった。日本の二人が、川端康成と大江健三郎と、どちらも小説家だったのとよい対比をなしている。

詩というものに関する日本人の認識はずいぶん低い。センチメンタルなことを甘ったるい言葉で行分けで書いてあるのが詩だったり、逆に理解しがたいほど難解なものが詩だったり、いずれにしてもまともな大人が楽しんで読むものからは遥かに遠いという印象。

では、詩は本来どのように楽しまれるのか。『コルシア書店の仲間たち』の中に恰好の場面がある——「夕食後の時間は、ダヴィデが近作の詩を読んで聞かせた。そのなかには、私がロンドンで読ませてもらったものもあった。修辞にうるさいガッティが、ときどき、いまの行、もういっぺん読んで、とダヴィデをさえぎって、音節や詩行のみだれに文句をつけていた。ツィア・テレーサは、一篇の詩が終わると、いまのはよかったとか、これはちょっとね、などと遠慮ぶかい感想をのべ、詩の苦手なルチアは、やや当惑ぎみの顔で聴いていた」。

ダヴィデとはもちろん、ガッティやペッピーノと並んでコルシア書店の運営の柱であったダヴィデ・マリア・トゥロルド。神父にして詩人という特異な人物。場所は書店を財政的に支援してきたツィア・テレーサのサロン。詩人は新作をまずこのような形で発表し、友人たちはそれを楽しむ。やがてそれが一冊にまとまって刊行される。

活字の前に朗読という点が大事だろう。なんといっても詩は読むものである以上に聴くものだからだ。意味と響きの両方が大事。だから詩人は草稿を読みながら言葉をつぎつぎに入れ替え、意味を正確に伝えてしかも最も響きが美しい言葉を選び出す。なんども声に出してよく響くかどうか確かめる。詩というのはそうやって組み立てる（英語ではcompose、イタリア語でならcomporre）ものだ。

ではダヴィデはどんな詩を書いたのか。『コルシア書店の仲間たち』から須賀訳を一つ引用してみよう（引用しやすいのも詩の利点だから）――

ずっとわたしは待っていた。
わずかに濡れた
アスファルトの、この
夏の匂いを。

たくさんをねがったわけではない。
ただ、ほんのすこしの涼しさを五官にと。
奇跡はやってきた。
ひびわれた土くれの、
石の呻きのかなたから。

これがダヴィデによる解放の喜びの表現である。鬱陶しいファシストの支配からの解放感は、夏の夕方の一陣の驟雨と、それが去った後の舗装から立ち上る匂いによって表現されている。彼らの支配下の空気はひりひりと乾いて熱かったのだ。「ひびわれた土くれの、石の呻き」が圧制の苦しみだろうか。それなくして「ほんのすこしの涼しさ」は得られなかったのだろう。

そこまではわかる。しかし、翻訳ではダヴィデが朗読した音の響きは伝わらない。長身の彼の、たぶん大きな口腔と深い喉から生まれる美しい母音と子音の響きは伝わらない。それを承知で、それでも、須賀敦子はイタリアの詩を翻訳した。この世にこんなにもいいものがあることを、ほんの少しでも日本人に知らせたいと思って。

それは詩というものが、あくまで作った詩人のものであると同時に、多くの人に共有されるものであるからではないか。よい詩は一人歩きして広まる。響きは捨てて意味を伝えるだけでも、やはりこれは訳すに価すると『コルシア書店の仲間たち』を書きながら須賀は考えた。

よい詩が多くの人に共有されるとは、まずそれが記憶されるということだ。そして詩人が言っているのと似たような状況で詩は思い出され、引用され、その状況への認識を深める。詩は感情表現の共用のプールである。各人はそこから言葉を汲み出して思いを伝える。『源氏物語』のどこだったかに、親しい者の死を嘆いてある人物が「今年ばかりは」と一言つぶやく場面があった。上野岑雄の「深草の野べの桜し心あらば今年ばかりは墨染めに咲け」という哀傷歌を一箇所だけ引用したのだが、その一箇所だけで聞いている者には伝わる。同じような事態でイタリア人はたぶんペトラルカなどを引くのだろう。詩というのはこういう風に使うものだ。

そして、須賀敦子は、イタリアの知識人ならば幼い頃からの教育で身につけるはずのこの種の詩的教養を、おくればせの自主的な勉強によって習得していった。その勉強は大変に楽しいものであったはずだ。耳で響きを聞き分け、意味を辞書や友人の説明でさとり、地理的歴史的背景を自分の体験の中から見つけて配置し（前記のダヴィデの詩で言えば、須賀自身のイタリアの夏の夕立の記憶）、ぜんぶをまとめて一つの詩として鑑賞する。そうやって資産を増やしてゆく。

イタリア詩を勉強するのが楽しいものであったはずだとぼくが言うのは、それが自主的だったからである。そこには好き嫌いを反映させることができる。好きな詩をどんどん読み、魅力がわからない詩、共感できない詩は措いておく。これを繰り返しているうちに自分だけのアンソロジーができる。やがて、イタリアの詩に関する須賀敦子の私的な教養セットがかたちづくられる。この全集第五巻に収まったのはこのような営みの成果である。

　このあたりの事情について少し須賀の言葉を引いてみよう。ぼくが自分の詩を一冊にまとめて出した時、須賀敦子との対談を付録として挟み込んだ。今にして思えば、これは須賀が詩と自分の関係を親密に語るよい機会であった。彼女はこんなことを言っている――

「わたしが捜しつづけたのは、やっぱり自分が詩を書ける言葉だったんです。日本語だと何かが足りないという気持があって。まず、英語が自分の言葉ではないとはっきり判っていました。フランス語も自分には合わない。そんなわけで、イタリア語なら自分の言葉にすることができるかもしれないと思ったんです、あさはかにも」

「ある時期、彫刻に興味があって、ローマにいた頃は彫刻家のアトリエに出入りしたりして、見ていて、何か詩と彫刻は似ているんじゃないかという気がしきりにして、何だろう何だろうと考えました。固いものを刻んでいくことによって、本質だけを残すところが似ている。それでもまだ、言葉が怖くて逃げ回っていました。書く、ということの周辺ばかりが目について、自分では何も書けない。それでどうしていいか判らなくて。また、イタリア語と日本語が頭の中で渾然となってしまって、ちょうど物が言えない人みたいな時代もありました」

「結局ウンガレッティとかモンターレとかの作品をつぎつぎに読んでました。で、おっしゃるとおり、短いから本屋で立ち読みできてしまう。それで、すぐに、コレハイイ詩ダとか、コンナコト言ッテチャ駄目ダとか判る。小説というのはだましっこみたいなところがあるから、自分が話につられてしまうようなところがあります。詩にはそれがなくて、それだけで立っている」

「詩というものはかなり職人仕事に似ているという感じは外国の詩に触れると強く持ちますよね。わたしはそんなにラテン語ができるわけじゃないんですけど、ラテン語の詩を読んだ時に漢文の詩を思い出して、ああ同じだ、という感じを持ちました。日本に帰ってきた七〇年頃、四十歳過ぎてから、ラテン語の詩は本当に凄いと思いだしたんです。ペトラルカをバラして遊んでいた時期と重なります。どうしてペトラルカを読んだかというと、現代詩の工法というようなものが、どうしても判らなかったからです。ペトラルカの詩の造り方というのは、春で川が流れていて、白い花がちらちらちらちら岸辺にすわっているラウラの肩に散る、というような情景を、音節の数とか脚韻などすべてをぴしっと固めて作ってあります。ある行は初めの方に微妙なアクセントを置いてふくらます。次の行は違った所でふくらます、というふうになっていて。それも、感覚的にただふくらます、というのではなくて、入り組んだ厳格な規則（韻律）の中で言葉をレンガのように動かすわけです。そういう工法が隠されていると判った時には、ああ、これは駄目だ、とても訳せないし、太刀打ちはできない。それでも、これが判ってよかった、生きているうちに判ってよかったと思って……」

「イタリアも二十世紀の前半までは絶対に詩です。詩はいいけれども、どうしても小説が育たないという国だった。経済的な貧しさもあるけれど、詩の方が古い表現の形式なんでしょうね。マンゾーニなどが十九世紀にいたわけだけれども、あの人はフランスやイギリスの影響を受けて散文を書いた。全体としてはイタリアはまだ詩の国です」

ずいぶんたくさん引用してしまったが、それも結局はここに須賀敦子の詩に関する考えがすべて出ているからである。

こういう姿勢で須賀敦子はイタリアの詩を学んでいったが、そうやって知った多くの詩人たちの中で別格の地位を獲得した詩人が一人いた。ウンベルト・サバ。この人について須賀は『ミラノ霧の風景』の中の「きらめく海のトリエステ」と、『トリエステの坂道』の中の「トリエステの坂道」と、まとまったものを二つ書いている。どちらも心のこもった、詩人への敬愛の念に満ちた、美しいものだ。そして、言うまでもなく、この巻にも収められた『ウンベルト・サバ詩集』というまとまった訳業がある。

須賀敦子はイタリア文学の研究者ではない。ましてイタリア詩の公式の紹介者ではない。現代イタリアの詩をすべて読んで、公正かつバランスのとれたアンソロジーを編む立場にはない（日本文学のイタリアへの紹介者としてはそれに似たポジションにあったかもしれないが）。だから、ぼくたちが彼女を通してイタリアの詩を読むとしたら、彼女を最も夢中にさせた詩人を読むのがいちばんいい。それに、なんといっても、詩というのは好きにならなければ、つまり主観的な意欲が後押ししなければ、大事なところまでは読みとれないものである。

主観についてもう少し説明しておこう。須賀は例えば『イタリアの詩人たち』にサルヴァトーレ・クワジーモドを入れている。しかしその紹介ぶりはおずおずと遠慮がちで、ノーベル賞の受賞者だから一応は入れなくてはと言っているかのごとくだ。だから、作品に先立って詩人を紹介する一文の中で、彼のノーベル賞「受賞が公表されると、イタリア国内の、特に文学関係者たちのあいだでは、賛成の声よりも、むしろ、反対のそれが圧倒的に強かった。なかには、非礼としかいいようのない、あからさまないやがらせの文章さえ発表された」というエピソードをわざわざ書いている。

あるいは先にも挙げたぼくとの対談の席では同じ詩人について「あの人の詩というのはイタリア語で読むととってもつまらない。それなのに見端がいいのね、翻訳するとなんだか詩らしくなるんです。ところが詩をちゃんと勉強した（ということは、「教養のある」とほとんど同義語ですが、そういう）イタリア人は、みな、あんなものは読むなと言います。訳すと、しろうとが詩と思うものになってしまう」。

この発言は、あるいはその背後にあるクワジーモドに関する評価は、まことに主観的である。しかし、その一方、おそろしく正確であるようにも思われる。結局は詩なんてものは主観で判断するしかないもので、だから須賀敦子がウンベルト・サバ一人に入れあげたのは正しいとぼくはいいたいのだ。訳詩としては比較的初期の仕事に属する『イタリアの詩人たち』に取り上げられた五人の詩人の中で、後に一冊の訳詩集にまで昇格したのはサバ一人だった。

ではそのウンベルト・サバとはどういう詩人か。トリエステという、イタリアの国土の中でも特別な、旧ユーゴスラビアの方へ突出した、まるで飛び地のような町の生まれ。父はイタリア人で母はユダヤ人。生業は古書店主。「おおむねイタリアの詩は、いわゆるリアリズムにつながるダンテの系統と、虚構性と形式への傾倒がつよいペトラルカの系統にわかれるが、サバはだんぜん後者に属する」と須賀は「きらめく海のトリエステ」の中で書いている。

もっと直截に親近感を表明する言葉もおなじ文章の中にある——「サバが書店主だったこと、彼が騒音と隙間風が大きらいだったこと、そして詩人であったことから、私のなかでは、ともするとサバと夫のイメージが重なりあった。しかもその錯覚を、夜、よくその詩を声をだして読んでくれた夫は、よろこんで受入れているようなふしがあった」。

そういうことだったのか。だから、彼女は夫の死後、一緒に行くはずだったトリエステ行きを一人で実行し、その報告をあんなに嬉々として書いているのか。そしてまたここにもイタリア式の詩の楽しみかたの好例がある。声にだして詩を読む夫とそれに聞き惚れる妻。詩の意味と響きに満たされた夜の室内の幸福感。

ここでサバの詩を一つ見てみよう。どこから見ても傑作。英語でならアンソロジー・ピースと呼ばれて、その詩人の代表作としてどんなアンソロジーにも入るような一篇。「ユリシーズ」というタイトルの詩を、本巻に収められた初期の訳ではなく、『ミラノ　霧の風景』所載の改訳の方。

若いころ、わたしはダルマツィアの
岸辺をわたりあるいた。餌をねらう鳥が
たまさか止まるだけの岩礁は、ぬめる
海草におおわれ、波間に見えかくれ、
太陽にかがやいた。エメラルドのように
うつくしく。潮が満ち、夜が岩を隠すと、
風下の帆船たちは、沖あいに出た、夜の
仕掛けた罠にかからぬように。今日、
わたしの王国はあのノー・マンズ・ランド。
港はだれか他人のために灯りをともし、
わたしはひとり沖に出る。まだ逸る精神と、人生へのいたましい愛に、流され。

この、次々に流れるように現れては消えるいくつもの光景が重なり合って作り上げる、透明なフィルムを重ねたような明るい印象。それにまたオーヴァーラップする詩人の心象。客観的な風景を経て最後に主観的な自己像に収斂する運動感と、読み終わった後にのこる沖あい遥かな詩人の後ろ姿。「いたましい愛」をかかえてなおも「逸る精神」の持ち主。だから「若いころ」なのだ。暗唱できるようにしておいて、読者それぞれが人生の曲がり角で思い出すような詩ではないか。

誰もが心の奥の方に「若いころ、わたしは……」で始まる記憶を持っている。それがこうして美しく普遍化される。それが詩人の仕事である。人々の未だ言葉にならぬ思いのために美しい表現を用意しておくこと。その時がきたらすぐに使えるように準備しておくこと。

これを翻訳の活字をたどって読みながら、ぼくはこの詩の響きを聞きたいと願う。詩人自身の朗読によって。いや、もっと欲張って、それをアッコに向かって読んできかせるペッピーノの声を漏れ聞くかたちで。須賀敦子が書いたものは結局のところ、すべてその夜の幸福感につながるものなのだ。そのための言葉の修練であり、ミラノの交遊であり、結婚であったのだから。

『マラッカ物語』の応用問題

鶴見良行著作集5『マラッカ』（みすず書房）解説 2000・4

昔、太平洋の島々に興味をもって少し本を集めていた時、おもしろいことに気がついた。渡航記や研究書は明治期以来ぽつぽつと刊行されていたが、それがあるところで急に増えるのだ。第一次大戦後に日本の委任統治領になったいわゆる内南洋ではなく、その先の外南洋からオーストラリア、ニュージーランド、それにタイとビルマ、マラヤ、インドなどについて人文地理から経済統計までを網羅した大部な本がぞくぞくと出た時期がある。具体的に言えば一九四一年からせいぜい二年くらいの間。つまり「大東亜戦争」を始めて、初期の勢いで戦域をどんどん拡大した果てに、負けてずるずる後退という情況に追い込まれるまで。

国内各所にあった研究成果や統計などが、どこかで予算が付いて出版企画が実現、どっと市場に出たという感じで、壮観でもあり、悲壮でもあった。版元はみな官公庁に準ずるところ。研究成果といっても実際には英語などの資料の翻訳ではなかったのか。

そしてまた敗戦の後は（当然だけれども）、その種の出版はぴたりと途絶えた。太平洋から東南アジアについてはいかなる本も出なくなる。関心がないというよりも、その地域に目を向けるのは苦痛だといわんばかり。そういうところはないことにしようと決めたかのようだった。個人と同じように国民や国家も屈辱の記憶は抹消したがるものらしい。

だから『マラッカ物語』は新鮮だった。早い話が、この本が出るまでぼくたちはシンガポールとマレーシア、インドネシアについてほとんど何も知らなかった。週刊誌が書く賠償がらみのゴシップを別にすれば、大事なことはみな商社の調査部に秘匿されていた。関心をもつきっかけさえなかった。これが戦後日本人の東南アジアへの姿勢だった。

とすれば、一九七三年にマレー半島に運河を掘るプロジェクトを関心のきっかけとして捕らえたのは鶴見良行一人だったのではないか。日本の中枢部で何が企画されているか、なぜそのような計画が必要とされるのか、そもそもマラッカ海峡とはいかなるところか。なぜ有力者たちはそこに注目し、タブーであるはずの水爆まで持ち出そうとしているのか。

関心が生じた時、まずそこに行ってみるというのがこの人のやりかたである。計画している連中は東京にいたり、アメリカにいたり、バンコクにいたりする。彼らはすべてを把握しているはずだからそこに赴くのが捷径……というのはたぶん凡庸なジャーナリズムの発想にすぎない。運河がマレー半島に造られるのならば、マレー半島を見なければならない。企画者に沿うのではなく、被企画者の側から見る。まず現地に行って「半島の東岸と西岸を行ったりきたり、十日ほど」（本巻三頁、以下同様）歩き回るところから始める。そうやって地理と絡み合った歴史を見てゆくと、ここが一貫して外部からの働きかけに曝されてきた土地であることがわかる。

研究という知的営みの方法はいろいろあるが、むずかしいのは総論と各論のバランスである。姑息な研究者は総論を用意した上で、それと矛盾しない各論を既成の研究の中から拾い出してはめ込んでゆく。都合の悪い材料は排除するのだから、どんな結論でも作れる。いわゆる御用学者の作文にこの手のが多い。

『マラッカ物語』という著作が読んでいて気持ちがいいのは、この総論と各論のバランスが微妙で、しかも各論が先にたって総論を率いてゆくところだ。「あとがき」で著者は反省している――「通史を書く気は毛頭なかったのだが、出来上がったものはややそれに近い体裁となった。そうなってみると、十五世紀のマラッカ王国から十九世紀のラッフルズにつづくのは、欠落が大きすぎる」（三〇四頁）。そうかなと読者は思う。たしかに著者が言うように「香料諸島をめぐる抗争について一章を割」いてあれば話は滑らかになるし、首尾一貫の印象は強まるかもしれないが、この文章の勢いはそんなことを欠陥として意識させない。著者のその時々のありかたがそのまま構成に反映する。その現場主義がおもしろいのだ。

量的に分析すれば、本書の大半は文献の博捜と分析と解釈と再構成からなると言ってもいい。しかし、それを正しく選択し配置するには、マレー半島を実際に歩くことが必須だった。『マラッカ物語』という この建築の素材は文献かもしれないが、設計図は現地を歩くことからしか生まれない。「私の見たプケット島の浚渫船には、五人ほどの技術者がいただけだった」（二〇八頁）というような観察が要所々々に測量の基準点として入っている。松浦武四郎や菅江真澄にはじまって宮本常一に至る「歩く学者」の系譜の先に鶴見良行はいる。

しかもこれは学問の方法の問題ではない。よい研究をするには歩けばいいというほど、ことは単純ではない。文明の発祥以来ずっと続いてきたローカルとグローバルの角逐において、ローカルの側に味方するという姿勢の表明なのだ。

文明とはもともとグローバルを目指すものだ（古代には世界が球であったことは知られていなかったからグローバルという言いかたはおかしいとするなら、仮にワールドワイドとでも呼んでおいてほしい）。文明とは知られるかぎりの範囲を一つの版図、一つの原理に収めようという運動である。だから中国人は伝統的に自国の文化圏だけが世界であって、それ以外は辺境でしかないと考えた。ローマ帝国の官僚も、アケメネス朝のペルシャ人も、モスレムも、自分の勢力の及ぶ範囲がそのまま世界であると信じた。それを広げることは文明を広げることだと考えて疑わなかった。

それに対して、たとえばマラッカ海峡の両岸のようなところはそのグローバルな文明がやってきた場所だった。その到来のしかたを鶴見は綿密に記述してゆく。「ここ（マラッカ海峡）は、東の中国と西のインドをつなぐ重要な交通路だった。しかも有史以来、大陸から太平洋方面へと南下する移住の道でもあった。マラッカ海峡は、大地と海の奇妙な配分が生んだ地球上でも稀にみる東西南北の十字路である」(二五頁)。だから多くの人々が何かを求めてここにやってきた。彼らにはグローバルな視点と欲望があった。

しかし、ここに住む者、ここしか知らない者にとっては、ここは唯一無二の「ここ」である。他の土地との位置関係によって価値が生じるのではなく、他ならぬ「ここ」としてしがみつくよりない居所である。これをローカルな立場としよう。

一般に歴史はグローバルの高みから書かれる。王朝は自己の正統性を証明したくて、世界の劫初から王統は継続してきたとお抱え学者に書かせる。いわゆる万世一系の神話である。最初の天孫降臨から一統の勢力がいかに世界全体に広がったかが誇らしげに語られる。つまりは行った者の視点であり、決して来られた側の視点ではない。この傾向は今でもまったく変わらない。だから、新大陸の先住民はコロンブスのアメリカ「発見」五百年記念祭に対して小さな声で異議を唱えなければならなかった。彼らには被発見五百年を祝う意思も理由もまったくなかったのだ。

グローバルの側からだけものを見てはいけないというのは正義感などという単純な感情の問題ではない。起こったことをトータルに捕らえようとする時に、ローカルを無視しては重要な部分が欠落するからだ。人間は定住する動物であると同時に移動する動物である。そして鳥の渡りとちがって、人間の移動には行った先で軋轢が伴う。世界史とは住む者と来た者の衝突の歴史である。全体としては移動する者の方が強い。歴史を記述する者はこの事情をよく理解して、勝った側の尻馬に乗らないようにしなければならない。まるで子供に言い聞かせるような口調になったが、実際、世の中には尻馬に乗った史書が大量に横行している。それを排して全体を視野に入れなければ明日の役に立つ歴史は書けない。

大岡昇平は『レイテ戦記』の最後に「太平洋戦争はアメリカの極東政策と日本の資本家の資源確保の必要との衝突として捉えるのが適切であるなら、二つの軍事技術が、哀れなフィリピン人の犠牲において、群島中の一つの農業島の攻防戦に先端的な表現を見出したのが、レイテ島を巡る日米陸海軍の格闘であったといえよう」と書いた（中公文庫・下、三三二頁）。戦闘は日米の間にあった。しかし戦争全体は「哀れなフィリピン人の犠牲」の上に乗っていた。そこまで見なければ『レイテ戦記』にはならない。この場合も日米両軍は行った者であり、フィリピン人は住む者であった。

マラッカ海峡についても、行った者の記録はさまざまある。インド人が行き、中国人が行き、オランダ人が行き、イギリス人が行き、そして日本人が行った。最後に日本人とアメリカ人が一緒になって水爆を持って行こうとしたことをきっかけに鶴見はここに興味を持った。このドラマをローカルの側から見ればどうなるか。

決して被害を訴える声ばかりではない。こういうところの歴史は居た者と来た者の相互作用から生まれる。人間と人間が出会えば、そこに交渉が起こるし、それは必ずしも搾取や収奪ばかりではなかったろう。実際、マラッカ海峡に面した地域の人々は結構したたかに外来者と渡り合っている。その詳細がこの本のおもしろさだ。それでも結局は彼らの声はあまりに多い移住者の声に圧倒されてしまったらしい。その結果、今のシンガポールは全体としては華系の人々を中心とする都市国家となった。

グローバルな勢力に対してローカルが弱いのは、一つには彼らにはそこしかないからだ。グローバルな側は失敗すれば撤退してまた時期を見て来ればいい。それに対してローカルの側には撤退する先はない。もちろん、グローバルな側にだって苦労は多いだろう。無理をして遠くに出かけ、戦い、拠点を作り、条件を改善し、なんとか利をあげる。容易なことではないはずだが、しかし国力が続くかぎり遠征は何度でも行える。もともとが余剰な勢力を用いての営みなのだから、失敗しても国が滅びるわけではない。

改めて言うが、鶴見的な研究の特徴は、一貫してローカルの視点から見ることだ。それによって新しい世界像を描き出す。グローバルの側、征服して収奪する側に身を置く快楽をぼくたちはよく知っている。しかし世界はローカルな側からも成っているのだ。実を言えば人類の大半はそちら側にいるのだし、それを無視して世界史は成立しない。

鶴見は文献だけに頼らずに現地を歩き、実際にそこでどういう勢力がどうぶつかって、いかなる結果が出たかをつぶさに検証する。しかしそこに縛られるわけではなく、探求する精神は現場と文献の間を融通無碍に動き回る。

バナナなど、換金目当てのモノカルチャーに彼が注目したのも、これがグローバルによるローカルの収奪の典型だからである。ローカルの視点からすれば自分が食べるものを何種類か作って、その作況が安定すればそれでその土地の農業は完成する。自給自足を目指す正しい自営農は複合的にならざるを得ない。

しかし、グローバルには市場価値があって、品質が安定し、安く大量に作れるものがもっとも好ましい作物である。そのためにはモノカルチャーが最適ということになる。農家は自分が食べもしないものを大量に作る。グローバルな農業の場では、移動手段・運搬手段・市場へのアクセスを持つ者が勝つ。外からやってきて、作らせて、運び出して、売る者が強い。これがグローバル経済の原理である。バナナ農民が悲惨なのは、最初から外から来た事業家の方が圧倒的に有利なシステムになっているからだ。先ほども書いたが、彼らは失敗すれば撤収すればいい。地力を使い尽くしたら移動すればいい。しかし農民はどうにもならなくなった土地から動けない。

その結果、農民は死ぬ。誇張ではない。実際、何年か前、世界銀行はスーダンで穀物ではなく綿花を栽培するように指導した。その方が利益率が高いと言った。しかし、転換が実現した時、綿花の値は暴落し、多くの農民が喰えもしない綿花をかかえて餓死した。スーダンは今、経済の崩壊をきっかけに国内の南北問題が破綻して混乱の極にあり、国連も手を引いてしまった。不幸の実例である。

ぼくはあまり『マラッカ物語』の内容に即した解説を書いていないかもしれない。素読を怠って応用問題に走っているかもしれない。例えば、ラッフルズという「評判のいい植民地主義者」（一二四頁）の評価において、鶴見が信夫清三郎の『ラッフルズ伝』の自由主義的傾向をやんわりといなした上で、「（ラッフルズは）やや過分の処遇を受けてきた」と書くあたりをもっと綿密に分析すべきだろうかとも考える。ここが鶴見の、史料に即したバランス感覚の好例と読めるからだ。

だが、ぼくはそんなことよりも、刊行後ほぼ二十年にならんとしているこの本の今も変わらぬ現実的な効力に改めて感動しているのだ。鶴見良行という学者がいたことがどれほどぼくたちの展望を開いたか、ずっとそれを考えているのだ。

ぼくが沖縄に住んでいることは感動の理由の一つかもしれない。鶴見は沖縄のことをほとんど書いていない。ぼくの説では沖縄は東南アジアの北限だから、ここも鶴見の視野に入ってもおかしくないはずなのだが、しかし彼は沖縄のことは後輩に任せると言わんばかりにもっと先の地へ行ってしまった。*

それでも、『マラッカ物語』の奥に沖縄は隠れている。たぶん世界中いたるところの「辺境」がこの本の中に隠れていて、その点がこの本の普遍性というものなのだろう。ではいっそ応用問題に徹して、ローカルとしての沖縄を解析してみようか。

トメ・ピレスなるポルトガル人による『東方諸国記』という十六世紀初頭の文献を鶴見はこの本の中で何度となく用いている。たとえば、マラッカ王国で税関と港湾の監督をする「シャバンダール」という官僚には外国人があてられた（交易国家ならではの配慮である）。その一人は「シナ、琉球、泉州、チャンパを代表する領事だった」（二一五頁）。この時期、琉球王国は明との朝貢貿易を東南アジアまで広げ、最も活躍していた時期だった。

『東方諸国記』の中では琉球人は評判がいい。彼らはレキオスないしゴーレスと呼ばれていた。そして一．彼らは正直な民である、二．ポルトガル人と異なるところはないけれども唯一レキオスは女を買わないという点が異なる、三．全世界と引き替えでも仲間を売るようなことはしない、という三点が記されている。ずいぶん高い評価なのだ。

『マラッカ物語』を読んでいる間ずっと、ぼくは日本からマラッカまでは一続きの地理圏であるという鶴見の基本姿勢を意識していた（だからこそ日本の政治家と財界人も水爆を用いてまでクラ運河を建設しようとしたのだろう）。沖縄に住んでいると、この一体感はいよいよ強く感じられる。かつて琉球人がマラッカまで行っていたという歴史的事実だけでなく、マラッカ海峡に起こることはそのまま沖縄に波及するという現実的な話もある。

クラ運河計画は、中東の原油を日本に確実に届ける方策の一つとして取りざたされた。今見るかぎり、この計画は棚上げされたままで、その代わりに日本はあちこちに石油備蓄基地を造ることにしたようだ。その候補地の一つとして鶴見が挙げている「沖縄県宮城島」(二八四頁)には、隣の平安座島との間を埋め立てて基地が造られ、地形が一変した。同じところで候補として挙げられている鹿児島県の馬毛島は、実はぼくがアメリカ海兵隊普天間飛行場の移転先候補として提案したところだ。種子島の沖にあるこの島は、無人で、比較的平坦、人が住むところから充分に離れ、嘉手納と岩国の中間にあって、相当に広い、等々の好条件を備えたところだった。ぼくの提案に対しては何の応答もないまま同じ県内である名護市辺野古への移転話が進んでいる。

マラッカ海峡の歴史を辿っていると、琉球=沖縄との類似に注目せざるを得ない。鶴見は、「マラッカ海峡は日本の生命線」という経済同友会の重鎮の発言(二七五頁)を伝えている。沖縄を占領して軍政を敷いたアメリカ軍はここを「太平洋の要石」と称した。Keystone of the Pacific は米軍車両の黄色いナンバープレートにまで書き込まれた。

この二つの呼称に共通するのは、ある土地の役割ないし性格を、別の場所にいる権力者が規定するという構図である。マラッカ海峡が日本にとって生命線であるか否かはそこに住む人々にとってはどうでもいいことだ。むしろ水爆で運河を掘るなどという危ない計画が起こるとしたら、これは迷惑なことである。沖縄にしても同じで、アメリカの世界戦略にとってここが要石であることが沖縄の人々の不幸の理由になっている。

地理と政治という理由から、住民よりも遠い大国にとって価値ある土地になってしまった悲劇という点で、マラッカ海峡と沖縄はよく似ている。そういうところは他から狙われ、争奪され、植民地化され、時には戦場にさえなる。グローバルな力に対してローカルな力では太刀打ちできない。もちろんマラッカと沖縄の間には違いも少なくない。少なくとも沖縄では先住民よりも移民の方が多くなるということはなかった。それでも『マラッカ物語』を読みながら、ぼくは琉球＝沖縄との共通性を意識せざるを得なかった。いろいろなことを考えながら読んだ。それはつまり鶴見の著書にものを考えさせる力があるということであり、歴史書・思想書として優れているということでもある。この著作のアクチュアルな意義は今もってまったく薄れていない。むしろ今こそこの方法を応用問題として世界各地に当てはめていかなければならないと思うのである。

＊　ぼくは一度だけ鶴見に沖縄に関する文章を依頼したことがある。『沖縄いろいろ事典』（新潮社刊）の「糸満」の項を編集委員の一人としてお願いしたのだ。簡にして要を得た貴重な原稿が届き、僕は彼の沖縄理解の深さを改めて知った。

蜘蛛の糸一本の面目

『アイヌ人物誌』（平凡社）解説 2002・2

手元に本がないのでうろおぼえなのだが、かつて石川淳が自著『渡辺崋山』のあとがきで、この人はあまりに立派すぎて自分などの目には面映ゆいという意味のことを書いていた。このあとがきは執筆からずっと後の戦後の版（たしか筑摩叢書）に付されたもので、そこで石川淳は、なにしろあれは戦時中のことだったので、時局と張り合うつもりで他ならぬ渡辺崋山を選んだのだと、一種照れた弁明のようなことを記していた。戯作者の末裔をもって自認した石川としてはそういうことになるだろう。

ぼくにとって松浦武四郎もまたあまりに立派で面映ゆいような人物である。探検家、地理学者、文化人類学者の先駆、警世家、国策の提唱者にしてまた国策の徹底した批判者、そして何よりも倫理の人。

大事なのはこの順序だ。蝦夷地から樺太・択捉・国後までを縦横に探検したから、地理学者として名を成すことができた。その過程でアイヌと親しく交わったから、彼らの文化や人柄を知ることができた。幕府の北方政策が見当違いであることは現地を歩いていればわかる。それを口にすれば警世の言とならざるを得ない。具体的に策を提唱するのも自然なこと。それが容れられなければ、批判の言葉は小声でなりと口をついて出る。

しかし、最後だけは順序が違う。こういう活動の結果として彼は倫理の人になったのではなく、これだけは最初からあった。倫理観が終始一貫して彼の行動を律し、促し、見たもの聞いたことを書かしめた。

探検記にして地理書である『日誌』類とは別に、『近世蝦夷人物誌』すなわちこの『アイヌ人物誌』を彼に書かせたのはこの強い倫理観ではなかったか。安政の大獄で多くの盟友を失った後で二度と北の地を踏まず、維新の後は政府に飼い殺しにされるのを嫌って給料を突き返すまでして野に下り、後は没するまで市井の人として暮らしたのも、結局はこの剛直な倫理観が理由ではなかったか。

探検家としての実力、つまり山野を踏破し海を渡る行動力と正確で緻密な観察力だけでも尊敬せざるを得ないのに、この倫理観まで加わると、もう立派すぎて面映ゆいという印象になる。

あの時期の日本にこういう人がたった一人でもいてくれて本当によかったと思う。アイヌを相手に強欲と没義道を繰り返してきた近世日本の面目は、この人物ひとりのおかげでかろうじて、ほとんど蜘蛛の糸一本で保たれたということができる。松浦のことを考えながら、スペイン人が新世界に赴いて行った悪行の数々を『インディアスの破壊についての簡潔な報告』(岩波文庫)にまとめたラス・カサスに思いが行くのは無理からぬことだ。

地理書とは別にアイヌという人々について書こうとした時、列伝という形式を選んだのはいかにもこの人らしい選択であった。高いところに立っての総史ではなく、会った人々についての具体的な記録。聞いた話を書くのでもせいぜい当の人物を知っていた者からの伝聞であって、出所不明の噂の類ではない。彼はあくまでも現場を重視するノンフィクションの作家であった。

アイヌという異民族を日本に紹介するのに、松浦は理解の共通基盤として倫理を取り上げた。だからこの本には孝行の話が多い。忠と孝は江戸時代の倫理の柱であるから、ここから入ると本旨が伝えやすい。武士ではないから忠の方は少ないけれども、孝ならばたくさんある。それを、和人の側の悪逆とセットにして出す。このあたり、松浦は文筆家としてしたたかに戦略を練っている。

たとえば、弐編の二九、「孝子シロマウク」の話。日高沙流川沿いのアイヌが場所請負の和人によっていかにひどい目にあっていたかを縷々と記してから、十二歳の少年シロマウクを登場させる。妊娠中の母を置いて厚岸へやられる父の代わりに自分を行かせてくれと支配人に願い出る。最初は叱りつけるばかりであった支配人もやがてはほだされて、父の厚岸行きを取り消し、代わりに出立しようとしたシロマウクも家に残す。

形の上ではめでたしめでたしの結末になっているが、制度としての悪が一支配人の温情によって解決されるものでないことを松浦はもちろん承知していた。彼が書きたかったのはこの少年の親思いと勇気であると同時に、場所請負制度が必然的に分泌する悪の実態であった。夫を遠隔の地へ出稼ぎに追いやり、その隙に妻を妾にする。抵抗すれば暴力を用いる。悪い病気をうつした上で捨て去る。

男女を隔てておけば子を生すことはできない。アイヌの人口は減ってゆくばかり。それを嘆く声を松浦は初編の一九、「酋長トンクル」をはじめ何度となく書いている。男女を隔てて子を生ませないのは、ある民族を根絶やしにしようという意図の現れであり、今の言葉で言えばジェノサイドである。奴隷化するだけでは飽きたらず、アイヌ民族の根絶まで企てた和人の側の悪の意思はどこから生まれたのだろうか。

経済の面から言えば、労働力であるアイヌの数を減らすことは自分たちの不利益につながるはずだ。現にアメリカ南部の農場主たちがアフリカ系の人々を奴隷として使っていた時には、適当な配偶によって繁殖を奨励した。それ自体が人間の家畜化であり、かぎりなく非人道的な行為だが、しかしジェノサイドではない。なぜ蝦夷地でアイヌ根絶が図られたかというのは、ぼくがこの『アイヌ人物誌』を初めて読んで以来、ずっと気になっている疑問である。場所請負という短期的な契約が、長い目で見た資源管理（アイヌの労働力も鮭や昆布と同じく資源であったはずだ）の知恵を育てなかったとしても、それでもこの事態はあまりにも酷いではないか。

では、翻って、なぜアイヌの人々はかくも誠実で、親孝行で、剛毅で、廉直なのかを考えてみよう。松浦がいわゆる贔屓の引き倒しをしているわけではないし、彼の目が「高貴なる野蛮人」の妄想に曇っていたわけでもない。アイヌがかつて貿易で大いに利を上げ農耕も行っていたことをひとまず措いて、彼らを狩猟の民として見るならば、その倫理観が高いものにならざるを得ないことがわかる。

獣の肉は穀物と違って保存がむずかしい。獲ったものはみなで分けて食べてしまうしかない。蓄積がないということは、それを奪うための戦いもないということである。貧者と富者の差はある程度以上には拡大しない。

これはことを単純化した、ずいぶん大雑把な論の立てかただが、しかし農耕と共に、特に穀物という保存可能な財の登場と共に、人間の倫理観は鈍磨し、欲望は際限もなくふくれ上がったのである。

という風なことを改めて考えさせる点で、『アイヌ人物誌』は今なお広く読まれるべき書物であると思う。

静かな大地

花崎皋平『静かな大地』（岩波現代文庫）解説 2008・2

松浦武四郎は探検家である。

江戸期の終わり頃に、（後の名で呼べば北海道であるところの）本州北方のあの大きな島を縦横に踏破し、サハリンやクナシリ、エトロフまでの凍てつく道のりを何度となく跋渉した。

そして、その頃、日本人の圧政のもとに悲惨な暮らしを強いられていたアイヌの人々の、その惨状について記録し、報告した。

彼にあって探検家と報告者は分かちがたい。困難を越えてその地に行ったからこそ、彼は見聞きしたことを報告することができた。やがては見聞し報告することが探検の主要な目的になった。旅の途中で自分が見たものの持つ深い意味に突き動かされて、すべてを詳細に記録しながら旅し、内地に戻り、文書にまとめ、また出発して、歩いて、見て、書いた。

もしも松浦武四郎がいなかったら、今のぼくたちは当時アイヌが置かれた状況について何も知らないままだった。なぜならばアイヌには苦境を訴える手段がなかったから。松前藩の場所請負制度によって、生きる自由のほとんどを奪われた人々。アイヌに生まれついたという以外に何の理由もないまま、終身刑に処せられた人々。

後世の自分たちがそれを知らないという事態を思って、ぼくは戦慄する。知るべきことを知らないままでいるのは恐ろしいことだ。

人間はみな、自分が生きる時代を知り、その由来を知り、社会をよりよい方へ、次の世代が少しでも暮らしやすい方へ導くという責務を課せられている。個人の悦楽を求めるのは大事。生きることは喜び。だからこそ人は、今の子供たちが大人になった時の喜びに満ちた日々を保障すべく力を尽くさなければならない。幸福と不幸について知るべきことを知らなければならない。

そのための必須の参考書の一つが、例えば松浦武四郎が書き残した報告である。彼の人生と成した仕事を伝える本書『静かな大地』である。

この本を読んでぼくは、人に与えられた倫理的な選択の幅に圧倒される。サルトルは「人間は自由という刑罰に処せられている」と言ったけれど、その言葉のとおり人は自ら道を選んで生きるしかない。極悪非道になるも聖人になるも本人次第。それを知った上で選ぶ。これもまた恐ろしいことではないか。

自分の身に引きつけて事態を想像してみよう。江戸時代も終わりに近い時期、あなたは「場所」を請け負った企業から派遣されて、蝦夷地の辺境に赴く。あなたの任務はそこにいるアイヌを労働力として用い、そこの自然からできるかぎりの収益を得ることだ。そのために法的な規制はほとんどなく、思うままにふるまうことが許される。自分をここへ送り込んだ企業の背後には松前藩と幕府の、すなわち国の、方針があるらしい（神を知らない者、信仰を持たない者にとっては、国は最大の権威の源泉である）。

あなたは日々おのが任務を誠実に果たす。それは、前任者や上司の言うままに、目前にいるアイヌという人間の人間的側面をできるだけ無視して、収益の具としてのみ見て、酷使することだ。そうするうちにあなたは自分の権力の大きさに酔い、公務と私益の境を見失う。見目よきアイヌ娘を連れてきて妾とする。人妻ならば夫を遠隔の地に追い払って思いを遂げる。

当然のことアイヌは反抗するけれど、それを押さえ込むだけの暴力装置が用意されている。威圧するのはたやすい。それでなくともここはあなたが人倫を説かれながら育った郷里からは遠隔の地だ。他のみんながやっていることであり、諫める者はいない。あなたはひたすら堕落してゆく。場所請負という制度そのものが堕落を誘っている。それに乗る自由があなたにはある。自分がその立場にあったらその道を選んだかもしれないということを。自由という言葉に即して、認めよう。

その一方、圧政に耐えてなお人間らしい生きかたを選ぶ自由も人にはある。わずか十四歳の娘ながらひたすら働いて同朋六名の命を支える少女サクアンの自由。すなわち「畠を作り、犬を連れて山へ行き、鹿をとってはその皮を年寄りに着せ、朝早く起きて露ふかいあいだに山に入って二軒分の薪を背負い、兄や姉を少しも面倒がらずに介抱し、山からどんなに遅く帰ってきても、まず父母の家へ行き、ついで祖母と伯母の機嫌を伺い、水はありますか、薪はどうですかとねんごろに世話して帰る。犬にも自分が食べるのとおなじものをわけてやり、この犬たちがいればこそ鹿や熊も得られ、親たちに寒い目を見せないですむのだと、雨の日は家の内に入れてけっして外には寝かせない」という生きかたを選ぶ自由もまた人間にはあるのだ。

自ら意志して何度となく北の地に渡り、生命の危険を賭して山野を歩き回り、海を渡り、さまざまな妨害を越えて自然とアイヌについての一次情報を自分の目と耳で集め、刺客に追われながらそれを報告した松浦武四郎にも、そういう自分の生きかたを選ぶ自由があった。

こういうこともぼくは恐ろしいと思うのだ。

同じ恐ろしさに連なる本として、ぼくはラス・カサスの『インディアスの破壊についての簡潔な報告』（岩波文庫）を思い出す。コロンブスに続いて多くのスペイン人が「新大陸」に渡り、富を貪り、暴虐を働いた。四十年間で一千二百万人が殺されたという。

彼らと共に行った聖職者たちからの報告を簡潔にまとめてスペイン王に提出したのがラス・カサスだった。そして、彼の報告はたしかにある程度までスペインの政策を変えた。不充分だったが変えた。

松浦武四郎の報告は幕府の方針を少しは変えたのだろうか。場所請負制度の暴虐非道を伝える旅の報告はおろか、彼の著作の中ではもっとも指弾の色の薄い『近世蝦夷人物誌』でさえ出版は許されなかった。「北加伊道」と彼が呼ぼうとした北方の地が「北海道」となって明治政府の支配下に収まった後、松前藩よりもさらに貪欲な官僚豪商連合の収奪の対象となった後、彼は乞われて就いた蝦夷地開拓御用掛の役をさっさと辞し、以降は二度と北の地に渡らなかった。それ以来の二十年近い余生において、彼は北からの便りをどれほどの無念をもって受け止めたことだろう。

人は自由だ。理想を求めて、あるいは義憤に駆られて、ある行動を選び取ることができる。しかし他方、富を求め、快楽を求め、その手段として暴力を用い、奸計を弄することもできる。

個人としてだけでなく組織としてそれを実行する。組織の中に入ってしまうと、その組織への忠誠心という別の要素が加わって、個人としての判断の範囲が狭まる。同輩がやっている悪事に列《つら》ならないことは組織への裏切りになる。それが組織というものの忌まわしいところで、だから松浦武四郎は最後まで個人の資格のままだった。探検と報告の任務について権力側と緩い雇用の契約は結んだけれども、組織に行動を制約させることはなかった。圧力がかかった時は彼なりの策を用いた。行く先々の役人の目を盗んでアイヌたちから実情を聞き出した。

世の動きは人を勝者と敗者に分ける。歴史を書くのはいつも勝者だ。アフリカの諺に「ライオンが自分たちの中から歴史家を生み出さないかぎり、狩の歴史は狩人の栄光に奉仕する」と言う。誰かが、たとえ勝者の側に属する身であったとしても、敗者の側に立って彼らの歴史を書かなければならない。そうでないと歴史はただ空疎な栄光の記録になってしまう。世の中になぜこれほどの不幸があるのか、なぜ人間の知恵は人間を幸福に導かないのか、それを解く手がかりを得るには負けた者の側、不幸な人生を送った側、それにも拘わらず自分の生きかたを自信をもって嘉しながら死んだ者の側に、仮にでも立たなければならない。

勝者の側に身を置くのは愉快なことだろう。大勢に乗るのはたやすい。逆に、流れに抗するのは楽なことではない。晩年の二十年間、かつてあれほど親しんだ北の地に足を踏み入れなかった松浦武四郎の意地を、その心意気を、後世のぼくたちは思い描かなければならない。

流れに抗して踏み止まる。

松前藩にとって都合のいい報告を幕府に上げておけば、結構な栄誉も贅沢も得られただろう。そういう機会は何度となく、しつこく、くどく、提示されただろう。栄耀栄華思いのまま。しかし彼はそれを受けなかった。刺客につきまとわれても意に介しなかった。

同じことをぼくはこの本の著者である花崎皋平についても思う。世界を見るにあたって、まずは弱者の側に身を置くこと。彼らが弱者であるが故に世に還流されない彼らの知恵を、その源流に立って汲み取ること。

だから組織を離れた。彼は北海道大学助教授の職を放棄し、在野の、活動する哲学者になった。伊達市の大きな火力発電所の建設に反対する運動の中に分け入り、「その中心であった伊達市有珠地区の漁師たちに出会」って、大きな契機を得た。

その後の営々たる現場的な努力の先に松浦武四郎との出会いがあった。たぶん花崎皋平は偉大な先達を見出したのだろう。蝦夷地が伊勢生まれの松浦を受け入れてアイヌとの交流を強いたように、北海道は東京生まれの花崎を受け入れて市民運動への参画を促した。読みにくい写本のまま死蔵されていた松浦の記録を、現代語に訳して世に提供した丸山道子らの努力をもう何歩か先へ押し進める。松浦武四郎の事績という松明を次世代へ手渡す。それこそがこの本の意義だ。

十年以上の昔、ぼくは北海道の開拓に従事した自分の祖先の話を小説に書こうと思い立った。タイトルを決めあぐね、いろいろ迷ったあげく、北海道という自然を最も的確に表しているのは「アイヌモシリ」を和語に移した「静かな大地」という本書の題であることに気づいた。ぼくは花崎さんにお願いして流用をお許しいただいた。

それもまた松明を次の世代へ渡すことであったと信じたい。

我々は今なお、とても多くを松浦武四郎に負っている。

個人から神話へ――入口としての知里幸恵

『知里幸恵「アイヌ神謡集」への道』（東京書籍）2003・9

今、知里幸恵という人物をわれわれはどう理解すればよいだろう。

まず時間の距離感のことを考えてみよう。彼女が亡くなったのが一九二二年の九月。今年の九月が巡ってくれば八十一年になる。これはさほど遠い昔ではない。

先日みまかったぼくの母は一九二三年三月の生まれだった。つまり、知里幸恵が亡くなった時、母はその母の胎内にいたことになる。その母、すなわちぼくの祖母は一八九九年に日高の静内で生まれ、その四年後に幸恵が登別で生まれている。そう考えると幸恵はぼくの世代の者には祖母の年頃にあたるわけで、これは決して遠いとは言えない。

しかし祖母の歳になった幸恵はいささか想像しがたい。彼女の印象はまず若さである。『アイヌ神謡集』を読む者は誰も、これが十九歳の少女の手になった著作であることに驚く。

早世はどこまで行っても幸恵につきまとう伝説である。自分の人生が十九歳で終わっていたら、自分はいったい何を残し得たかと自問して、まともな成果を提示できる者はいないだろう。二十一歳で亡くなったガロワ、二十歳で詩を書くのをやめてしまったランボー、また二篇の小説を残して二十歳で死んだラディゲ、二十四歳で他界した樋口一葉。例が少ないからこそこうやってリストが作れる。その列にぼくたちは知里幸恵という名を加えざるを得ない。

若くして大業を成した者とは、実はより大きな運命的な力によって任を与えられた者なのではないか。ガロワと群論、ランボーの詩集とラディゲの小説、『たけくらべ』と『十三夜』。どれも神々が彼らを通じて世に送り出したものではないか。神々の恩寵を受け、彼らの道具となる能力を天才と呼ぶのだ。神々は若い天才を愛し、大いなる任務を与え、それが終わると速やかに身近に呼び返す。

では、知里幸恵に『アイヌ神謡集』を書かせたのはいかなる神々だったのだろう。改めて考えてみると、この本の性格がいかにも一つの任務という感じなのだ。神々はこれを若い幸恵に与え、彼女はそれに十全に応えた。そして神々は濁世から天界に彼女を呼び戻した。彼女の生涯そのものが神話的であった。

なぜ任務か。第一にこれは創作ではなく翻訳である。つまり先行するテクストあっての仕事である。しかも先行テクストそのものも個人の創作ではなくアイヌ民族ぜんたいの共同作品であり、語り継ぎの長い歴史をもつ口承文芸である。それが彼女に託された。

アイヌの神々はこれをアイヌ語として記憶せよと彼女に命じたわけではない。それを命じられた者ならば他に多くいた。記憶ではなく記録せよという命だったとしても、さほどむずかしいことではなかっただろう。アイヌ社会そのものの存続が揺らいでいる時、口承文芸を記録に残すという考えが、一種の保険として出てくるのは当然である。アイヌ語テクストの文字化は進められざるを得ない。

幸恵がしなければならなかったのは、これを日本語に訳して、その価値を広く知らしめ、シサムの側の関心を喚起してアイヌ文学の保全を図ることだった。

現代に伝わるアイヌ口承文芸のテクストは少なくない。実際にどれだけが消滅し、どれだけが残ったのか、ぼくは知らないが、それでもともかくこれだけは残った。その最初のきっかけとして、先駆として、まず知里幸恵の仕事があった。彼女がこれを残さずに逝ったとしたら、たとえば織田《おりた》ステノが謡ったテクストや、現在も進行中の萱野茂によるユカラの翻訳の仕事、その他おおくの努力はあり得ただろうか。

『アイヌ神謡集』に関して誰もが言うのは、これが日本語として美しいということだ。人はしばしば和訳とは外国語にかかわる仕事だと誤解する。相手方の言葉ができなければ和訳はできない。しかし、よい翻訳をするのに必要なのは原テクストを記した言葉の知識と同じくらい日本語の能力である。この点を勘違いするから外国語学者による読むに耐えない翻訳が横行することになる。

そして、その点で、『アイヌ神謡集』はたしかに優れている。半ばは神話であり民話であるアイヌ語の内容を詩的な奥行きのある日本語に移すのはなかなかの難事で、しかもそれが日本文学で初めての試みだったのだから、この成功は特筆に価する。十九歳の少女がやったから讃えられるのではなく、誰が成したのであろうとこれだけの結果が出れば評価はおのずから高くなる。

この翻訳者はアイヌ語をよく知り、日本語を書く能力に恵まれ、さらに当時のアイヌ文化と日本文化の関係をよく承知していた。書く能力は個人の才能と、その人がそれまでに読んだ文章の総量の双方に比例する。だから一般に若い者がよい文章を書くのはむずかしい。若い知里幸恵の場合は、個人の才能の方がよほどたっぷりあったから優れた文業が成った。

言うまでもなく、『アイヌ神謡集』が成った根元には、アイヌの口承文芸そのものがたいへんに豊かだったということがある。知里幸恵が提供したのはほんのサンプル集であった。その後に日本語の読者に与えられたアイヌ文芸の総量にぼくは驚嘆する。しかもアイヌの人々は差別と抑圧に耐えて、文化と言葉を否定されながら、それでもこれだけの質と量の文芸を残したのだ。かつてぼくはある小説の中でアイヌの文芸についてこう書いた――

　総じてアイヌは言葉の民である。
　民族には得手不得手があるらしい。人でも、ある者は音楽に秀で、ある者は細工物がうまい。

また芝居に長《た》けた者もいる。

民族もまた同じ。そしてアイヌの場合は言葉の力、ものがたる力が抜きんでていた。そうでなくてどうしてあれほどのユカㇻ、無数のウェペケレ、さまざまな神や英雄や動物や美女や悪党の物語が残せるだろう。

アイヌは大廈《たいか》高楼を造らず、芝居を演ずることなく、具象の絵を描かず、交響の楽を奏しなかった。それらはすべて言葉の建築、言葉の絵、言葉の楽となった。

この言葉が信じがたいと思う者は、アイヌの総人口のことを考えていただきたい。北海道の大地が養い得たアイヌの数はたかだか数万である。自然そのものの生産量に一定の限界があり、それが人の数をも制限した。ではこれだけの限られた人数の中にいったいどれほどの文学的才能があったのか、それを考えてぼくは彼らを言葉の民と呼ぶのだ。

もちろん彼らの暮らしの型は優れて文芸向きだった。この方面に知的能力の多くを注ぐことができた。長い冬の夜を彼らはひたすら物語の創造と語りと伝承に用いた。物語を語るのは、録音テープを再生したり、あるいは印刷された本を機械的に朗読するような硬直した過程ではない。それは聞き手を巻き込んで集団で一つの創作をするような、あるいは優れた物語を何度となくしつこく推敲するような、生成的でダイナミックな時間を持つことである。

この文芸の参加者は互いに顔見知りであり、語り手は聞き手それぞれの性格と知識をそのまま創作の道具として用いることができた。熊の話については狩人の体験譚は素材として役に立ったし、下級の神の失敗話には集落の誰かの失敗がそのまま流用された。横恋慕する熊の話を聞きながら、大人たちは隣りの村から流れてきたゴシップを思い出してひそかに笑ったことだろう。そうして物語は語られることによって成長する。まことに優れた創造の作業である。

このような口承文芸の資質を知里幸恵はよく理解していた。それは『アイヌ神謡集』の構成にも表れている。めでたい話と失敗譚が巧みに並べられている。読み進むうちにアイヌの人々の生活感と世界観がわかるしかけになっている。敢えて言えば生活と世界の間に距離がないのがかつての彼らの暮らしであった。

最初に来るのは「梟の神の自ら歌った謡」、言祝ぎの話である。高貴な家系なのに何かの理由で没落していた家族が梟の神の配慮で再び富貴の座に返り咲く。ことを終えて梟の神が家に帰ると、家には復興なったアイヌの家族からの供え物があふれていた。

……私の家は美しい御幣
美酒が一ぱいになっていました。
それで近い神、遠い神に

使者をたてて招待し、盛んな酒宴を
張りました。席上、神様たちへ
私は物語り、人間の村を訪問した時の
その村の状況、その出来事を詳しく話しますと
神様たちは大そう私をほめたてました。〔33〕（句読点は引用者による）

このようなめでたい話の後にいくつもの失敗の話、滑稽で尾籠な話が続く。先の話と「浜辺に犬どもの便所があって／大きな糞の山があります、／それを鯨だと私は思ったので／ありました。」〔39〕というような話の落差は大きく、それが本に奥行きと厚みを与えている。

自然に対する畏怖の念と、善意には応報があるという因果律、逆に驕った者の身にふりかかる失敗。どれも自然の近くで暮らす者には必須の叡知である。まず自然があって初めて自分たちの暮らしがあるという当然の順序を子供たちはこれらの物語によって学んだ。人間を組み込んだ自然観を養った。

今のように自分たちの生活の型をまず決めて、それを支えるために自然のあちらこちらを切り取ってくる時代からはこの謙譲の姿勢は理解しがたい。そして、現代という時代が抱える最大の課題、最も危険な弱点なのであり、だからこそ『アイヌ神謡集』を今読むことに意味があるのだ。

知里幸恵は大きな知恵のシステムの入口である。そうなることを彼女は望み、それに成功した。彼女の短い生涯、利発で穏和な性格、また最後の日々に書き残したことなどはとても興味深いが、そこに留まる者は最終的な彼女のメッセージを見落とすことになる。

幸恵が言いたかったのは、自分は特殊ではなく普遍であるということだ。自分は一つの役割を与えられたアイヌの一人に過ぎない。また、アイヌの知恵もこの民族のみに関わる特殊なものではなく、自然の前で生きる人間すべてが共有すべき普遍のものである。

もう一つ考えなければならないのは、翻訳という作業が本質的に人と人をつなぐ営みだということだ。言い換えれば、翻訳は手をさしのべるしぐさであり、自分から相手に話しかける積極性である。訴追ではなく和解のきっかけになるべきものである。

原テクストが自分の手元にあるとして、それを訳すという労力を払うのは予想される読者への信頼があって初めてできることだ。和人にさんざんな目にあった自分たちの歴史を知りながら、知里幸恵はなおも和人たちに理解を求めた。アイヌ文化の価値を和人に提示して、そこに一方的な抑圧と収奪の歴史を変える糸口を見出そうとした。

個人としての彼女にそこまでの意図が明確にあったと言うことはできないだろう。しかし、当人の思いがいかようであれ、翻訳というのは嫌でもそれだけの意味を負ってしまう営みなのだ。『アイヌ神謡集』を読む今のわれわれはそういう姿勢でこれに臨まなければならない。

そう考えてみると、われわれはこの翻訳されたテクストを正しく読むのにずいぶんな時間を費やしてしまった。この八十年あまりもまたむざむざと「抑圧と収奪」に明け暮れたことを反省しなければならない。幸恵のメッセージを聞き取らなかったことを悔やまなければならない。

『アイヌ神謡集』を読む者は、いわば知里幸恵の肩越しに遠いアイヌ世界を見る。彼女という個人を通して広い神話の世界へ入ってゆく。今、幸い、アイヌ文学のテクストはたくさんある。聞くための言葉を回復する動きもある。たくさんの人々の努力がある。そして、それらの努力すべての出発点に、幸恵という小柄な少女が立っている。

新しいアイヌ史のために

「別冊太陽・先住民　アイヌ民族」2004・11

われわれのアイヌ論には、どうしても一定量の後ろめたさがついてまわる。ここにわれわれというのは日本人ということである。正確を期すれば、アイヌであることを自覚する人々を除いた一般の日本国民、歴史の知識があって過去に対して誠実であろうとする現代の日本人の謂いだ。

松前藩の所業、明治以降の日本政府の同化政策から始まって、近年の二風谷ダム訴訟、アイヌ民族共有財産訴訟、などなど、今も続く権利無視を考えれば、後ろめたく思うのは当然ではないか。つまりわれわれは当事者であって、それゆえに中立の立場でアイヌ史を見ることができない。アイヌとは誰かという問いには、そういうおまえは誰だという問いがセットになっている。

その一方、日本人であることを意識しているかぎり、どうしても認識にゆがみが生じる。早い話が、アイヌと聞くとわれわれはまず北海道という地理の用語を念頭におく。しかし北海道は日本地理の概念でしかない。日本列島ぜんたいを図化した時に上の方に位置する菱形の島。結局は日本の一部。

われわれはアイヌを定義するに際してまず自分たちの定義を持ち出し、それに縛られてしまうのだ。昔ぼくは自然誌として日本列島を見るために、地図を回転させて大陸の側を下に置くことを提案した（『南鳥島特別航路』）。そうすると台湾からサハリンまで、一列に並んだ島々が大陸に対して微妙に即かず離れずの距離にあることがよくわかる。大陸島であって大洋島ではないことが歴然とする。

これと同じように、アイヌの地誌を日本地理と切り離して考えてみよう。今の名で北海道、サハリン、アリューシャン列島、沿海州などと呼ばれている地域を中心にした地図をまず目の前に置く（本州から南はおぼろなままにしておく）。ここに住んだ人々がいた。これが出発点だ。同じ地域にはニヴフやウィルタなど近い仲の人々がおり、大陸の先には別の民族がおり、南の大きな島には勢力の強い民族が国家を構えていた。

アイヌは狩猟採集を業とした、という言いかたにも気をつけなくてはならない。日本人がこう言う時、そこには農耕の優位という考えが潜んでいる。歴史として実際に起こったのは、アイヌはあの地域の自然条件に最もふさわしい形で食糧や衣類や家の素材を得たのであって、その結果、彼らの場合、狩猟採集と農耕の比はあのようになったのだ。

ある時期に大陸や日本との間で手広く交易を行って財を成したのも、地理的かつ社会史的な条件を巧みに利用したということである。単純な進歩史観は捨てなければならない。狩猟から農耕、そして商工業というほど歴史は単純ではない。

大陸の人々との間で抗争が盛んだった時期もあったらしく、その記憶は多くのユカㇻの中に残っている。ポイヤウンペはやはり戦争の英雄である。もっと過去に遡って考えれば、彼らの背後にはシベリアからアラスカまでを含む広大な北方文化圏が控えていて、これら北方各地域が持つ共通性は驚くべきものだ（網走の道立北方民族博物館はそれを学ぶための優れた施設である）。

アイヌ史はこういう事実から出発しなければならない。たしかに彼らの歴史において和人との交渉は大きな要素であって、冒頭に述べたような理由からもそれを軽視するわけにはいかないのだが、しかしアイヌ史をその色にばかり染めてしまってはいけない。

これには政治史・経済史に対するぼくの不信ということも関わっている。和人はしばしばアイヌをだました。蜂起したアイヌに攻められると講和を提案し、その和議の席に兵を伏せておいて皆殺しにした。松前藩の所業は卑劣千万ということになるけれど、むざむざとだまされたアイヌも情けない。と言いながら、内心ではアイヌのふるまいの方に共感している自分に気づく。場所請負制度による奴隷的な酷使についても同じ。

経済史では狩猟採集は農耕の前駆的段階だと言うが、では農耕が始まって財の蓄積が可能になると同時に戦争が始まったことをどう考えるのか。力の強い者が弱い者を滅ぼすのが政治・経済だとしたら、倫理はその後を追って嘆くしかない。そう考えてゆくと、政治史を離れて文化の方に目を向けたくなる。なぜならば文化史ではすべてが成果であり達成だから。

アイヌが倒した獲物に対する敬意と感謝を決して忘れず、儀礼をもってその魂を本来の国に送り返したことにぼくは賛嘆の思いを禁じえない。それは自然の中で生きるものとして人間の本然に関わることだ。

あるいは彼らがまずもって言葉の民であり、何よりもまず物語の民であったこと。決して多くはなかった人口のうちにあれほどの文学的な才能を持ちえたこと。まことと豊かな表現を持つ言語(『萱野茂のアイヌ語辞典』〔一九九六、三省堂刊〕を読むことは、何かの理由で断片化された長篇小説を読むようにおもしろい)。また、木の細工物や織物・縫い物に見るような工芸的な技能と美の感覚。地名に見るような自然を読む能力。

聞くところによれば、アイヌ史は多くの史料の発見と研究によって大きく変わりつつあるという。その成果を待って、和人との交渉史を超える歴史、あれほどの文化的達成がいかにして可能だったかを解明する歴史が書かれるのをぼくは待っている。

『苦海浄土』ノート

『石牟礼道子全集２』（藤原書店）解説 2004・4

何年かぶりに『苦海浄土』以下の三部作を開いて、かつてと同じようにこの長大なテクストが自分に取り憑くのを感じた。昔、ぼくはこの作品に捕まって、しばらくの間、身動きがならなかったことがある。『苦海浄土』には読む者を摑んで放さない魅力がある。ここにいう魅力は普通に使われるような軽い意味ではない。魅力の「魅」は鬼偏である。魑魅魍魎の魅である。魔力とあまり変わらない力で惹きつける。それを思い出しながら、再び丁寧に読みすすめた。

これはまずもって受難・受苦の物語だ。水俣のチッソという私企業の化学プラントからの廃液に含まれた有機水銀による中毒患者たちの苦しみ、そこから必然的に生まれる怒りと悲嘆、これがすべての基点にある。この苦しみと怒りと悲嘆を作者は預かる。あるいは敢えてそれに与る。彼女の中でそれらは書かれることによって深まり、日本の社会と国家制度の欺瞞を鋭く告発する姿勢に転化する。その一方で、作者はこの苦しみを契機として人間とはいかなる存在であるかを静かに考察し、救いとは何かを探る側へも思索を深めてゆく。読む者はまるでたった一人で管弦楽を演奏するのを聞くような思いにかられる。なんと重層的な文学作品を戦後日本は受け取ったことか。

しかし、先入観を持った読者には意外かもしれないが、作者は肉体が受ける苦しみの奥を患者に成り代わって想像してはいない。想像を超えるものを想像したつもりになるのは文筆の徒として増上慢ではないか。これは感情に訴える煽動の書ではない。そんなもので片づく問題でないことは最初からわかっている。だいいち、患者たち一人一人の顔をよく知っている身としては苦痛の奥は書けない。と作者が思ったかどうか、ぼくも想像を控えよう。

だから病像については客観的手法としてまずカルテが引用される。細川一博士の淡々とした恐ろしい報告。その後に山中さつきの最期についての母の証言――「上で、寝台の上にさつきがおります。ギリギリ舞うとですばい。寝台の上で。手と足で天ばつかんで。背中で舞いますと。これが自分が産んだ娘じゃろうかと思うようになりました。犬か猫の死にぎわのごたった」。

その先にももちろん悲惨な姿の記述は多いのだが、そこには一定の抑制がある。苦痛と均衡をはかるように目立つのは、幸福を語ることばである。『苦海浄土』は「苦海」と「浄土」を対として捕らえる思想に貫かれている。「苦海」は「苦界」だろう。漁師にとっては苦の世界は苦の海となる。そして、苦が存在するためにはどうしても浄土がなければならない。浄土なくして苦の概念は成立しない。この世が苦界であちら側が浄土なのではなく、二つは共にこの世の中に並び立っている。

だから、例えば江津野杢太郎少年の祖父は漁師の暮らしについて「天下さまの暮らしじゃあござっせんか」と言いながら、夫婦で舟を漕いで朝の海に出て、捕った魚を舟の上で刺身に仕立て、飯を炊き、焼酎を差しつ差されつ共に食らう喜びを存分に語るのだ。「あねさん、魚は天のくれらすもんでござす。天のくれらすもんを、ただで、わが要ると思うしことって、その日を暮らす。これより上の栄華のどこにゆけばあろうかい」と嘯くのだ。実際、この作品群の中には「栄華」という言葉が何度となく誇らしげに用いられる。

それが次のような件《くだり》となると、もう幸福と受苦はそのまま一枚の布の表裏であって、分けることができない——

ああ、シャクラのハナ……。
シャクラのハナの、シャイタ……。
なあ、かかしゃん
シャクラのハナの、シャイタばい、なあ、かかしゃぁん
うつくしか、なぁ……

あん子はなあ、餓鬼のごたる体になってから桜の見えて、寝床のさきの縁側に這うて出て、餓鬼のごたる手で、ぱたーん、ぱたーんち這うて出て、死ぬ前の目に桜の見えて……。さくらちいいきれずに、口のもつれてなあ、まわらん舌で、首はこうやって傾けてなあ、かかしゃぁん、シャクラの花の、ああ、シャクラの花のシャイタなあ……。うつくしか、なあ、かかしゃぁん、ちゅうて、八つじゃったばい……。ああ、シャクラの……シャクラ……の花の……。

これはどこかで知っていると思う。浄瑠璃の口説き、子を失った親がその子の幸せだった日々を思い出して、とわずがたりにしみじみと語る、あの詠嘆の口調によく似ている、と考えていたら、作者自身が『苦海浄土』のあとがきで「白状すればこの作品は、誰よりも自分自身に語り聞かせる、浄瑠璃のごときもの、である」と言っていた。

この作品において方言の力は大きい。ここで語られているのは人の心であり、心を語るのはその人が日々の暮らしで用いている言葉でなければならない。よそ行きの言葉では思いは伝わらないのだ。共通語・標準語を上に立てると、生活の言葉は方言という一段低いカテゴリーに入ることになる。それはしかし順序が逆で、日本列島の各地方ごとの日々の言葉があって、そちらが初めで、あとから国のため、軍や工場で地方出身者に命令を正確に伝達するために、共通語が作られたのだ。

水俣の人が水俣の言葉で思いを語る。その語り口のひとつひとつの裏に、時の初めから今に至る暮らしの蓄積がある。きらきらした語彙とめざましい言い回しによって、思いの丈が語られる。喜びと恨み、苦しみと希望が、時には情を込めて、時には論理の筋を通して、述べられる。この言葉の響きなくして『苦海浄土』はない。

方言はこの話を水俣という一地方に閉じこめはしない。彼らの物語は、暮らしの言葉に根ざした真実性によって普遍的な意味を与えられ、世界中のすべての人間に読み得る話になっている。方言として微妙な意味合いまで聞き取れるのは水俣とその周辺の読者だろうし、ある程度までわかるのが日本の標準語的な読者、しかし本質の部分は何語に訳しても通じる。なぜならば受苦と幸福はすべての人に共通だから。

先の嘆きの文体を浄瑠璃と呼んだのは最も響きが近いからだ。謡曲の『三井寺《みいでら》』も同じ主題だし、子を失った母の嘆きをモノローグで、ありったけの情感を込めて延々と語ることは世界中どこの文学にも演劇にもある。

受難を世界は共有する。新しい水俣は世界中いたるところで発生しているし、そこではいつでも強き者の強欲なふるまいと、それによって苦しみの荷を負わされたものの嘆きと怒り、またその嘆きと怒りを契機に人の心の深淵をのぞき見る戦慄が体験されている。そのすべてが語られるべきものであるけれど、実際にはすべてが語られるわけではない。最も巧みに語られた一例をぼくたちはここに持っている。

あちらこちらの戦争や内乱で難民が生まれている。人はその報に接して、移動する民の姿を思い描く。たしかに彼らは重い荷を負って、疲れ果てて、先の不安に脅えて、移動している。だが、大事なのは、つい先日まで彼らは定住の民であったという事実だ。ニュース映像を見る者はそこの部分を想像しなければならない。何代にも亘る安定した、土地に根ざした、生活があって、それが奪われる。魚が次々に湧くような豊饒の海が毒魚の海に変わるのと同じように、先祖代々耕してきた畑に爆弾が降り、子供の頃から歩いてきた道に地雷が埋められる。その結果として彼らは「高漂浪《たかされ》き」を強いられる。チェルノブイリから、アフガニスタンから、ソマリアから、イラクから、ハイティから。

受難に対して、外から手を貸す善意がないではない。そちら側から見ると、理由の如何に関わらず、受難というものが互いによく似ていることがわかる。水俣の実態が明らかになるにつれて、市民運動家や学生などが支援に訪れた。それ自体はもちろん望ましいことであるが、当事者である患者やその家族と彼ら支援者の関係はかならずしも滑らかではない。互いは他者であり、意思は齟齬をきたし、時には衝突し、その中から少しずつ理解が生まれる。

『天の魚』の「みやこに春はめぐれども」の章で患者側と「加勢人」すなわち今の言葉でいうボ

ランティアたちのやりとりの場面を読みながら、ぼくは阪神淡路大震災の後のボランティア・グループと被災者たちのことを思い出していた。善意ばかりでことは解決しない。災厄の場は思想が試される場でもある。そういうことを『苦海浄土』は阪神淡路やカブールやバグダッドのずっと前に教えていた。

「受難・受苦の物語」と先に書いた。小説よりもストーリー性を重視した物語という意味ではなく、本義に立ち返って「もの」を「かたる」のだ。

ルポルタージュというと、取材によって集めた素材を一定の論旨に沿って配列したものという印象がつきまとうが、素材が作者の思索の井戸の水に浸されなければ、ルポルタージュは文学にならない。たしかに『苦海浄土』にはルポルタージュの一面があるけれど、しかしこれはすべて作者・石牟礼道子の胎内をくぐって、変容と変質を経て彼女の「もの」となり、「かたる」過程を経てこの世に再生した、「ものがたり」である。渡辺京二はこれは彼女の私小説だと言っている。浄瑠璃であり、私小説であり、ひとりがたりである。

昔、昭和三十年代の末だったと思うが、ぼくは作者のひとりがたりをテレビで見たことがある。記憶にまちがいがあったら許していただきたいが、マスコミQという先進的な番組に彼女が登場した。スタジオに椅子が一つあり、その正面にカメラが一台ある。それだけ。台本なし。演出なし。

テレビのフレームは椅子に坐って水俣のことを語る彼女をただ映すだけ。悲惨なことを語り、言いよどみ、しばらく必死で言葉を探して、また語る。力を尽くして語っていることが伝わる。正しい言葉を探す努力そのものを視聴者は嫌でも共有させられる。手に汗を握る。テレビというメディアにこれほど動かされたことは後にも先にも一度もなかった。

書物としての『苦海浄土』もまったく同じ原理で生まれた。だから読者はこの作品に憑かれる、とぼくは言うのだ。語られる内容に、悲惨と幸福と欺瞞と闘争のあまりのスケールに驚く一方で、作者がそれを語ろうとする不屈の努力に引き込まれる。逃げられなくなる。陣痛の現場に背を向けるわけにはいかない。

語る途中で作者は多くの文書を引用する。患者と家族の会話の部分などは創作に近いものであって引用とは言えない。この人たちに作者は共感を持っているからそれは引用する必要はない。作者の創造的胎内をくぐって生まれたテクストの真実性を疑う読者はいない。しかし、欺瞞の側の文言は、そもそも作者の胎内に入れない性格のものなのだから、そのまま引用するしかない。たとえばこの「確約書」という代物――

「私たちが厚生省に、水俣病にかかる紛争処理をお願いするに当たりましては、これをお引受け下さる委員の人選についてはご一任し、解決に至るまでの過程で、委員が当事者双方からよく事情を聞き、また双方の意見を調整しながら論議をつくした上で委員が出して下さる結論には異議なく従うことを確約します」という文書を厚生省は患者たちに要求した。

このあからさまな詐術に呆れない者がいるだろうか。裁定者を立てて対等の立場で協議を始めようという矢先に、どんな結論でも裁定者の結論に従うなどと、そんな約束を前提にした協議にいかなる意味があるか。そのような底の浅いペテンに乗るほど患者は迂闊だとこの官僚は信じていたのだろうか。血液製剤によるエイズの患者に対する厚生省のふるまいは水俣の時とまったく変わっていなかった。製薬会社のふるまいもチッソと同じだった。だから彼らの性格を語るにはこの文書の引用だけで済む。彼らは同じような災厄の再発を防ぐための科学的研究さえ怠った。化学プラント内で使われる水銀が有機水銀に変わる過程が科学的に解明されたのはやっと二〇〇一年になってから。それも西村肇と岡本達明という在野の研究者の無償の努力によってだった（『水俣病の科学』）。

民衆の中にある悪意はもっとずっと深刻である。制度ではなく人の心の中に潜むものだから、チッソの経営者や厚生省の役人の場合のように理解の埒外として放逐することはできない。生活保護を受ける患者を妬んで密告の手紙を書く者の心の動きをいったいどう扱えばよいのか。

「水俣ヤクショ内ミンセイガカリサマ」に当てた手紙がある。「オオハラ　ミキ」という患者について、（おそらくは）他の患者が書いた密告の手紙。生活保護を与えるにはあたらないからよく調べろという手紙。まずは「オオハラ　ミキ」の子供たちが自活していることを縷々と述べる。

四女ノムコハ水俣ニテ左官。シナイデハタライテ、オリマス。

五女ハサセボデオオキナショクドヲモッテオリマス。

オカネハ、ツカミドリ。母ニモ、オカネハオクリテヤリマス。

アネハ、サセボデ、マメウリショバイ。オカネハツカミドリ。母ニモオクリテヤリマス。

オカサンハ、オカネノ、フジユハ、ヒトツモアリマセン。


以下、妬みと呪詛の言葉が延々と続く。

他者の幸福を我が不幸と見なすネガティヴな心のふるまいを無視して世界像を描くことはできない。差別を維持し、疎外に手を貸し、戦争を煽る思いは一部の者の中にあるわけではなく、状況によっては誰もがそのような思いを抱くのではないか。自分の仲間は例外、自分は例外と言い切れるものではないだろう。患者とその家族はみなとんでもない苦しみを経ることによって聖別された者である。いわば火による浄化の過程をくぐった者である。密告の手紙を書いた患者とて普段ならばそんなふるまいに走ることはなかったのだろう。先祖崇拝と、仏への帰依と、共同体そのものが持っている恒常性維持のからくりによって、とりわけ不満に思うこともなく日々を過ごしていたのだろう。水俣病という目前の大きな災厄が、さまざまな欲を生み、それが適わなかった時に邪悪な形で噴出する。

人の中に悪を行う用意はある。しかしそれは外的な促しを受けなければ具体化はしない。受けた時に例えば関東大震災の時の朝鮮人虐殺や南京の大虐殺となって現れる。あるいはアウシュヴィッツ、あるいは深夜に密かに書かれる市役所宛の手紙。

いや、悪は制度や状況に潜み、人間の中にはないと、ぼくは言い切れない。南京もアウシュヴィッツも実行者なくしてはあり得なかった。実行者は機械ではなく心と判断力を持った個人であった。南京に比べればこの密告の手紙などかわいいものだ、と言えるのだがと思いつつ、ここで判断を停止せざるを得ないかと考える。

近代という言葉でこれを説明したらどうだろう。水俣や南京、チェルノブイリなどの巨大な災厄は確かに近代化から生まれた。文明とは所詮あまりに物質的な概念であり、それを求めることは人間を自然から引き離し、欲望と空疎な言葉ばかりの、人間とは呼べないような者を生み出した。チッソと厚生省についてはそう言えるかもしれない。そして今や問題は密告の手紙を書くような古典的な小さな悪ではなく、社会そのものの本質になってしまったかのごとき非人間的な制度の悪、グローバリゼーションの悪の方なのだと言ってしまおうか。

制度がチッソを生み、水俣病を生んだ。彼らがあまりに非人間化してしまったから、患者の方は人間として残った。だから、患者は、非人間化した制度側の元人間と自分たちを別するために、自ら非人を名乗る。つまりここでは人間とそうでないものを分ける基準を逆転させることで患者は非人間の群れから自分たちを救い出している。

水俣では非人は「かんじん」。五木の子守歌にある「おどまかんじんかんじん」のあの言葉である。語源は勧進坊主だろう。寺社への寄進を進める勧進の僧がやがて乞食の代名詞になり、非人をも指すようになった。非人と書いて「かんじん」と読むことで日本列島における長い差別の歴史を透かし見る思いがする。

制度の側に立つ人々がひたすら患者との対面を避け、制度の中に立てこもろうとするのに対して、患者の方は相手を人間として自分の側に回収しようとするのだ。どうしてそのようなことが可能なのか、人間に希望があるとすればまさにこの一点、制度の壁を越えて、顔もなく名もなき、職名だけの相手の中に人間を見ようとするおおらかな、彼ら自身が笑うごとくどこか滑稽な姿勢の中にこそあるとぼくには思われる。

チッソの本社に泊まり込んだ日々を思い出して患者たちは、自分らはシオマネキというあの片方の鋏だけが大きな蟹のようだと笑う。そして、「チッソの社員衆が意地悪をしかけるそもそも、ひょっとすれば似た性のもんゆえじゃありますまいか。先に棲みついたものの気位のために、およよと泳いできて、ハサミを振りに来なはるとじゃあるまいか、腕まくりのなんの突出して」と相手との同質性を認める。

あるいは「あのような建物の中身に永年思いを懸けて来て、はじめて泊まって明けた朝、身内ばかりじゃなし、チッソの衆の誰彼なしになつかしゅうなったのが不思議じゃった」とまで言う。まるで初夜が明けた後朝《きぬぎぬ》の思いのようだ。

こういう形で患者は絶対の敵であるはずのチッソ幹部を身の内に取り込んでしまう。両者はそれこそ圧倒的な非対称の関係にあって、チッソ側は患者に病気を押しつけ、それを否認し、責任を回避し、補償を値切り、国を味方に付け、正当な要求を強引に突っぱねる。これに対して患者の側はずっと無力だった。

しかしこの非対称を倫理の面で見ると、今度は患者の側がそれこそ圧倒的に強い。彼らにはチッソを赦すという究極の権限がある。決して赦すわけではないが、しかし彼らはこの切り札を持っていることを知っている。その力を恃むことができる。だからこそ彼らは「チッソのえらか衆にも、永生きしてもらわんば、世の中は、にぎやわん」と晴れやかに笑って言うことができるのだ。この笑いを得てはじめて、この物語を仮にも閉じることが可能になる。

患者たちと支援の人々が、そして石牟礼道子が戦後日本史に与えた影響はとても大きい。崩れて流動する苦界にあって、ここに一つ、揺るがぬ点があった。ぼくたちはこれを基準点としてものを計ることを教えられた。

今も水俣病を生んだ原理は生きている。形を変えて世界中に出没し、多くの災厄を生んでいる。

だからこそ、災厄を生き延びて心の剛直を保つ支えである『苦海浄土』三部作の価値は、残念ながらと言うべきなのだろうが、いよいよ高まっているのである。

没落者の嘆きの歌

『きれぎれ』（文春文庫）解説 2004・4

町田康は粋《いき》である。

粋というのはそれだけで粋なのであって、解説を加えるなど野暮の極み。洒落を絵解きしてどうするか。

文庫の尻尾にこんな文章を書かされるなど、実に間の悪いことになったと思う。まあ近頃は粋のわからぬ手合いが多くて、その結果なにかと世間がさっになってきた。ここはひとまず世のため人のためと思って野暮の極みに敢えて手を染めようか。

町田康は最初から作品の型を確立していた。

一見したところ口語的なだらだら喋りに見えて実は計算のゆきとどいた、音楽的によく響く、凝った文体。豊富な古典的語彙と常套句に支えられた、徹底一人称による、ことの成り行きのベタな記述。主人公の思惑と現実との間に次々に生じるズレ。限りなく増殖する失敗談。

このあたりは『くっすん大黒』から『きれぎれ』までほぼ一貫したスタイルになっている。どれも主人公の性格は『へらへらぼっちゃん』という作のタイトルのままで、社会に適応できない無能な若い男の起死回生の試みがすべて外れ、話は高速で、しかし脱力的に、思いも掛けぬ方へ展開し、やがて唐突に終わる。

『きれぎれ』はある意味でその完成形と言える。思惑と現実のズレは当人にとっては困ったことでも傍観者には滑稽なもので、それが町田康のユーモアの理由となっている。ユーモアではなくむしろ舞台風にギャグと呼んだ方がいいかもしれない。ギャグの本義は猿ぐつわである。聞いた方が呆れて言葉を失うようなジョーク。開いた口がふさがらないという状態へ誘い込む話術。

作者は読者に傍観者であることを要請するが、それ以上ではない。同情や共感を求めているわけではない。勘違いした読者が主人公に心を合わせようとすればたちまち押し戻される。ついて行けないぜ。

このユーモアには速度が大事だ。『きれぎれ』の最初の方、廃屋になった自動車修理工場のピットに北田が落ちて怪我をした後、「俺」とアベが道ばたでタクシーを拾おうとする場面を見よう。空車が来るのにうまく捕まえられない。北田の面倒を見るのと空車を捕らえるのと、なすべきことが二つあって人も二人いるのに、連携プレーがうまくいかないために、次々に空車を逃す。

二人がドジなだけでなく、空車の来る間合いもことごとく外れている。計算したように間の悪いタイミングで空車が、しかし次から次へと、送り込まれる。キートン以来のコメディーの手法が巧みに応用されていて、その効果はなかなかのものだ。

タイミングがあまりに悪いので、主人公はことの背後にかすかな悪意を感じるほどだ。「なんだかタクシーに馬鹿にされているような屈辱的な気持ち」になるのだが、しかしそれ以上ではない。「俺」は神の悪意を疑ったりはしない。なぜならば役者が演出家の存在を明かしては舞台は成立しないから。それが許されるのはメタ小説の場合であって、町田康の小説は不条理の連続だけれども、小説としての枠を乗り越えることは決してない。がっしりとした枠があってはじめて不条理が意味を持つことを彼はよく知っている。タクシーの意図についての「俺」の疑問は一瞬浮かんですぐに消える。

「俺」にあるのは神への疑問ではなく社会への憤慨の気持ちである。それが自嘲の思いと半分半分になっている。憤慨の対象は社会というより大衆と言った方がいいかもしれない。みんなが自分は中流と思っている、その中流的なありかたへの強い反発。成り上がった大衆としての中流階級への強い嫌悪感。具体的には——

「やはりこの王国の現実の民草というものは大多数が愚民で、口当たりのよい言説はなんでもこれを食らい、紋切り型のロマン、月並のファンタジーに酔い痴れる馬鹿豚が多く、あの船が馬鹿馬鹿しい、と思う人は実は少なくて、そういうことを云っていると偏屈と嘲られ嗤われ、孤独と絶望のなかで窮死するかも知らんのだ、と思うからで、しかし馬鹿馬鹿しいものはやはり馬鹿馬鹿しいし、それに第一、あんな船を素敵などという馬鹿豚新田富子を妻にしたらどうなるだろうか？　家庭内はありとあらゆる紋切り型・月並の展示会場と化し、テレビを見てふたりで笑い、近所のレストランで愚劣ランチ、珍乱弁当を食べるのだ。俺は絶対にそんなのは厭だ」と文章の心地よさについ長く引用してしまったけれど、ここにあるのはもちろん強烈な反大衆の意思である。

しかし、大衆を見下して超然としているわけにはいかない。なぜならば、「俺」はすでに食うものにも事欠く貧窮状態であって、超然としている余裕などどこにも無いのだから。彼は低劣な趣味を持つ大衆の代表である新田富子との見合いを果敢にぶちこわし、ランパブで馴染みのサトエを娶《めと》る。しかしそれが限界で、たちまち手痛い竹篦《しっぺ》返しを食らい、生活そのものが破綻して、後は延々と続くどたばた騒ぎ。その詳細がこの小説の読みどころである。ともかく町田康にあってはすべてが具体的で、抽象に流れるところは一つもない。

なぜ「俺」は無力を承知で大衆や中流階級や成り上がりに反発するのか。なぜならば、彼は没落者だから。「へらへらぼっちゃん」はへらへらしていても元はぼっちゃんである。そのあたりの洟垂れ餓鬼ではない。しかし今は貧民に混じって暮らさなければならない。この乖離《かいり》が無力を承知の反発という矛盾した行動に彼を強いる。

「売り家と唐様で書く三代目」という川柳がある。初代が事業を興し、次の世代はそれをなんとか維持する。しかし三代目になると商売は傾きつづけ、遂には家を売る羽目になるのだが、それでも教養はあるから字がうまい。ちょいと中国風に凝った書体で「売り家」と書いて斜めに貼るというところ。

江戸の人々は没落者が好きだったらしく、他にも「芸が身を助けるほどの不仕合わせ」とか「太鼓持ち揚げての末の太鼓持ち」とか、その種の川柳は多い。粋が身上の遊び人が資産を失って野暮に混じることを強いられ、その野暮ぶりに憤然とする。蟷螂《とうろう》の斧と知って振り上げる。「俺」だって見かけによらず教養があるから「ママンが死んだ」とカミュなど引用して白色の娘の爆笑と軽侮を買う。そう言えばフランス人も没落者が好きで、バルザックなんかデクラッセとヌーヴォーリッシュの対立の構図に満ちていた。

それにしてもなぜ没落者なのだろう。町田康を論じる者はしばしば太宰治との類似性を指摘する。たしかに反俗を気取りながらそれに徹しきれず、ついつい俗に取り入って自嘲に陥るあたり、よく似ている。しかし太宰治は自分自身が没落者だった。津軽の旧家と華族は違うにしても『斜陽』は人ごとではなかった。

町田康個人がそうであるようには見えない（知らないけれど）。この人の場合、没落したのは日本全体ではないかと考えた。泡沫景気が崩壊して、自信を失い、目標を失い、当惑している。何かが終わってしまって、次が始まらない。教養はあるけれどその使途がない。若い連中は最初からオタク的な穴の中にいて全体のことなど考えないからいいけれど、少しはものを知っている世代はただ自嘲的に嘆くしかない。全体は失われ、今は『きれぎれ』になった世界しか残っていないのだから。

その先の渾沌の中に何があるか、『人生の聖』はそれを探す話であるだろうが、これ以上野暮な解説を続けるのも考えものだ。後は読者にお任せして、場違いな解説者は退場することにしよう。

さらば。

偽物の排除について

伊丹十三『女たちよ!』（新潮文庫）解説 2005・3

先日、クリスマスから正月過ぎまで日本で過ごした後で家に帰る際、家族に頼まれていたのを思い出してウースターソースを買った。あれはフランスにはないものだ。うちの好みは細い小さな瓶に入った「リー・ペリン Lea Perrins」というイギリスのブランド。あの簡便なソースがイギリスはウースター市に発祥するものであり、そこに本社を持つ「リー・ペリン」こそ本家ないし元祖という説もある。

フライトの前夜、ホテルで荷物を鞄《かばん》に詰めている時、何かが匂《にお》うことに気づいた。ソースだ! ガラスの瓶に入ってプラスチックの蓋で封印されたソースが洩《も》っている!

ぼくは『女たちよ!』の一節を思い出した。イギリスの車はオイルが洩るという話題に即して、ロータスのエンジニアのこういう言葉が引用される――

「われわれは、ドライヴァーに、車というものは決して油が洩らないものだ、という誤った観念をうえつけたくない。金属と金属の間にパッキングをはさんで螺子《ねじ》でしめつけただけのもんだろう。どんなにそれが完全にできてたって、なにかの衝撃で、どうゆるみがこないか、そんなことが保証できるものじゃない」

ソースの蓋だって、ガラスとプラスチックの間にパッキングをはさんでしめつけただけのものだ。瓶は中身が「洩れるものだ、一刻も油断ができない、というふうに考えてもらったほうが」トラブルが少ない。「それがイギリス人の物の考え方なのだ」

だけどねえ、普通、開けてないソースの瓶が洩るだろうか？　この場合、さすがイギリス製と言ってよいかどうか。「イギリス人の物の考え方」は今も健在なのだろうか？　ぼくは中身をフランス製の鉱泉水の空いたペットボトルに移して、念のためプラスチックの袋に収め、鞄に入れた。

ここで大事なのは、深夜のホテルでソースの匂いを嗅《か》いだとたんにぼくが伊丹十三のこの一節を思い出したということだ。かつて『女たちよ！』はそれほどぼくにとって親しい本だった。

軽い、ユーモアに富んだエッセー、と今読む人は思うかもしれない。ちょっとキザで嫌み、と感じる者もいるだろう。よくある本だよ、これは。

たしかに、この種の文章に出会うことは珍しくない。しかしそれは今だから言えることであって、最初に刊行された一九六八年にはこれはまったく新しい、挑発的な、驚くべき本だった。ぼくたちは一種まぶしいものを見るような思いでこの本を手にした。笑って読み、膝を打ち、あこがれ、勇気づけられた。

何がそんなに新しかったのか？　まずは自信に満ちた個人主義、趣味を中心に据える人生観、食物や酒や車についての粋なセンス、（つまりは）消費の喜び、ヨーロッパを基点にしたホンモノ指向。

一九六八年というのはいわゆる高度経済成長の終期にあたる。戦後のひたすらなる生産重視のモーレツ主義が沈静化し、成長の配当が大衆にまで届くようになった時期だった。ちまたに消費財が多く出回るようになったけれど、多くがどこかインチキだった。レッテルに牛の絵が描いてある「牛肉大和煮」の缶詰の中身が実は馬の肉だったとか、「ポッカレモン」という商品にレモン果汁が一滴も入っていなかったとか、そういう事例が珍しくなかった。

日本は戦争に負けたし資源もない貧乏な国なのだからしかたがないと言われてきたけれど、もうそう言って諦《あきら》める時代はもう終わったのではないか、とみなが疑いはじめた。明治維新から後、ずっと欧米の文化にあこがれてきたが、どうも欧米のホンモノは日本には来ていないのではないかという疑念も湧《わ》いた。だから、たまにホンモノに出会っても手を出す勇気がない。到来物のジョニ黒（と呼んだのだ、「ジョニー・ウォーカー」の黒いラベルを）はもったいなくて開けられず、客間に何年も飾っておかれた。そういう時代。

そんな日本人の弱気な姿勢を伊丹十三は突いて、ホンモノを伝授した。例えばスパゲッティという食べ物のこと。「茹ですぎたスパゲッティの水を切って、フライパンに入れ、いろんな具を入れてトマト・ケチャップで炒《いた》め」たものがそれとしてまかり通っていた時に、彼は「スパゲッティは饂飩《うどん》ではない」と「声を大にして」宣言し、正しい作りかたを伝授した。鍋で沸かす水の量、ゆで加減、その後の速やかな処理、「アル・デンテ」とか「パルミジャーノ」という用語、などなど。

話はどれも具体的だ。ヨーロッパの都市の名（ロンドンやパリ）、料理や酒の名（キューカンバー・サンドウィッチとアイリッシュ・ウィスキー）、友人の名（ピーター・オトゥールとか）、ブランドの名（ルーの下着やエルメスの鞄、シャルル・ジュールダンの靴など）がつぎつぎに出てくる。実物を知っているから発言に権威がある。その結果、この本は断言に満ちることになった。

話の合間に著者の生活が見える。友人たちとの会話、酒の飲みかた、着るものと車、ヨーロッパ往来、そして「女たち」。彼は正しき消費生活のスターであり、だから恬然《てんぜん》とスターらしくふるまっている。だから読む方は素直にあこがれて読んだ。いつか自分も正しいスパゲッティを作って食べ、ロンドンに行き、そこでホンモノに出会いたいと思った。

それがすべて実現してしまった今、ぼくはかつて暗記するほど読んでいたこの本を読み返してさまざまな感慨を持った。懐かしく、ほほえましく、少しだけ悲しい。あの時期にこの役割を堂々と果たした伊丹十三のやるせなさを想像する。

明治維新と文明開化でそれまでの自分たちの文化を否定してしまった日本人は、いわば一度は裸になり、後は西洋からの半端《はんぱ》な借り着でなんとかしのいできた。「日本人に洋服は似合わない」とわかっていても、もうそれしか着るものはないのだ。それをはっきり指摘すると嫌われる。

この本の中の話題はすべて生活の快楽に属することであって、生産的な話は何もない。道義的な話もない。父伊丹万作が人生の目的を聞かれて「遊ぶことです」と答えたという逸話を彼は紹介している。これがなかなか言えないことだったのだ。それまでの日本では、遊び人は少し斜《はす》に構えることで世間の風あたりをかわすものだった。しかし『女たちよ！』はそこに堂々と正面から立ち向かった。

高校生の頃、ぼくは英語というものを学ぶ以上は上手になりたいと思って発音にも意を注いだ。教室で例文を読む時にも練習の成果は現れる。そうしたら「池澤って、ああ、あの英語をキザに発音する奴《やつ》か」と言われた。英語を英語らしく発音するとキザということになる。キザは語源に遡《さかのぼ》れば「気障り」である。日本人の劣等感は、そこから抜けだそうとするキザな仲間の足を引っ張る。

今になってこの本に感じる悲しみのもう一つの理由は、彼の啓蒙《けいもう》がおおかた達成されたにもかかわらず、あるいはその結果として、この国がこんな風になってしまったことだ。これはもう悪い冗談のようなもの。ルイ・ヴィトンはよいブランドだが、だからといって誰も彼もがあのバッグを持てばいいというものでもないだろう。日本の消費者は付和雷同という点では前よりももっと日本的にふるまっている。

そして、まずい店のスパゲッティはやはり今でもまずい。

先日、新宿のさるホテル内のイタリア料理店で出てきたリゾットは皿が温めてなかった。分厚い重い冷たい皿に盛られたリゾットは急速に冷えていった。この不満を店に言うべきか否《いな》か、むずかしいところだ。言ってわからなければお互い不愉快なだけ。これもまた、洩るソースの瓶と同じように『女たちよ！』的な体験である。

四十年ちかい歳月の間に自分とこの国の人々が辿《たど》った道を振り返ってみて、ぼくはこの本の価値を再確認した。思えばぼくはこの本の教えるままに自分の好みを重視し、料理を覚え、自分の人生から偽物《にせもの》を排除しようと努力して、今に至った。そして今は自ら選んでヨーロッパで暮らしている。16ではないが実用的なルノーの車に乗っている。ぼくが書くエッセーは少しキザで嫌みかもしれない。

かつてぼくはこの本によって解放された。日本の学校や社会で教え込まれた「ルール」から抜け出す道をこの本に見つけた。右の人や左の仲間と違うことをして憚《はばか》らない姿勢を習得した。

すっかり身につけてしまったから長らく再読する必要も感じなかった本だが、それでも、読み返してみて、輝きは失われていないと思った。これからもこの本は学校や社会に捕らわれた若い日本人を解放するだろう。偽物を排除して生きることを教えるだろう。

『雲のゆき来』の私的な読み

「中村真一郎手帖2」（水声社）2007・4

一九六五年の夏から初冬にかけて、『雲のゆき来』は雑誌「展望」に連載された。二十歳だったぼくはそれを毎月買って読んだ。連載小説を目当てに雑誌を買うというのは初めてのことだったし、振り返ってみればその後もしたことがない。ぼくにとってこの小説はそれくらいおもしろかった。

しかし今になって読み返してみると、ぼくはこの作品の価値を客観的に分析する自信がない。あるいは、他人に勧めて同じように熱狂的な反応を誘う自信がない。夢中になったのはぼく一人に限った個人的な現象であって、ぼくと『雲のゆき来』がとても相性がよかっただけなのではないか。言うまでもなく、中村真一郎の小説の中でも評価の高い作品であるけれど、ぼくはその理由をうまく説明できないかもしれない。

この作家の重要な属性の一つに反俗ということがある。

知識人である自分を全面的に引き受けると言ってもいい。

今となるとばかばかしいことだが、戦後のある時期まで左翼の人々の間には庶民コンプレックスのような雰囲気が色濃くあった。人民・大衆・庶民が社会の主役であって、自分たち知識人はそれに奉仕する立場だという思い込みがなにかと彼らのふるまいを規定していた。若かった大江健三郎が「ぼくたち庶民は……」と発言したところ、「成城学園に住んでいて何が庶民だ」と反発を買ったというエピソードがあった。

しかし中村真一郎はその種のコンプレックスや媚びを意図して遠ざけ、形ばかり大衆の味方をする知識人とは一線を画していた。たしか『戦後文学の回想』の中だったと思うけれど、「銃豆のキセルをくわえた徳田秋声は民衆の味方で、ブライヤーのパイプをくわえた中村は民衆の敵だ」と言われたと苦笑まじりに書いているところがあった。自ら書いて笑う余裕があった。

その時代に育ったぼくは、社会における自分の位置について考え込んでいた。高校で英語の発音に意を注ぐと、「キザな発音をする奴」と言われる。言う側は英語に上達しようとは最初から思っていない。まして自分が英語で話す場面など想像もしない。

知識人であることとは学校の優等生であることとは違う。現にぼくは何度となく大学受験に失敗し、『雲のゆき来』を読んだ時も浪人に近い身分だった。入試という制度に対する批判の思いが強いとなかなか合格はおぼつかない。そして強すぎる批判精神は知識人の悪弊である。

中村真一郎には知識人と庶民の関係をサティリカルに書いた作品として『空中庭園』がある。何十年も再読していないので記憶があやふやなのだが、二組の夫婦が中心にいて、一方は知識人どうし、もう一方は妻が庶民の出（鮨屋の娘だったか）で夫は大学の教師だったのではなかったか。図式化された彼らの会話や心理や行動のズレと歪みにぼくにはいちいち思い当たるところがあった。自分が小学校以来ずっと居心地の悪い思いをしてきたことの理由を知った。

これはまたぼくがその少し前に父の家に少し出入りするようになったこととも関わる。ぼくの実父の福永武彦は人も知るごとく中村さんの盟友であり、『空中庭園』には福永やその周辺の人々の口のききかたを思わせる会話が充満している、とぼくには思われた。自分の育った家の雰囲気はそうではなかったので、自分本来の場に迎え入れられたという思いもまたあった。自分はよくも悪くもこういう空気の中で生きていくのだと悟った。それに伴う苦労も父を見ているとよくわかった。この世界には知識人という蛮族がいて、普通の人たちに包囲されていて、自分はその一人なのだ。『空中庭園』は自分たちを戯画化して書いているけれど、『雲のゆき来』は知識人という生きかたを何の遠慮もなく肯定的に書いている。だいたいこの話には知識人でない人物はほとんど登場しない。

ではこれがなぜあれほど魅力的に見えたのか、なるべく客観的に辿りなおしてみよう。

この作品が成功している理由の一つは、よく計算された速度感の設定にある。ダイナミック・レンジがとても広い。

まずはアンダンテ。豪徳寺の春の風景から始まって、元政という江戸期の詩人の人生をゆるゆると辿り、「うまく作られた幸福」という概念を検証してゆく。その中に詩論や、母と子の仲、恋とエゴイズム、といったテーマが埋め込まれている。この文体は筆に随うという意味で随筆であり、多くの仮説を試してゆくという意味ではエッセーである。語り手は思索する者に徹して、近所の寺に散歩に行く以上の積極的行動はしない。なにしろ最初の話題が猫の風邪なのだ。

しかし、話は掛かってきた電話へのなにげない遁辞をきっかけに急転直下、アレグロの領域に入る。潑剌たる美女が物語に侵入してきて、風景は一変する。会話が増え、蟄居していた語り手は彼女ともども京都に行き、時として古都を走りながら、「うまく作られた幸福」を今度は裏側から検証しはじめる。

この速度の差が快感を生む。これはアンダンテで進む話なのだという読者の予想は見事に裏切られる。何度読んでもこの躍動感は心地よい。ジェットコースターが最初ゆっくりと高いところまで引き上げられて位置エネルギーを得るのに似ている。あとは落下するだけ（しかし、おそらく生涯に一度もジェットコースターに乗ったことがなかっただろう中村さんにこの比喩が通じるかどうか）。

そして最後にモデラートの部分がやってくる。若い楊嬢がいない世界に速度感はない。語り手は終わったことやり残したことを一つずつ検証して筆を置く。最底辺まで高速で降りきった後、残った緩傾斜の部分をゆっくりと、ほとんど嫌そうに上りながら、ジェットコースターは出発点に戻るのだ。これがコーダの部分にあたる。

この速度感の差は、元政と楊孃という二人の主役の生きた時代と、それぞれの年齢、職業、それに性差をくっきりと表現するための作者の工夫である。主題は「うまく作られた幸福」から「うまく作られた不幸」に転換し、それに気づいた読者は、対位法というもう一つの音楽用語をこの作品に適用してみたいという欲求に駆られる。対称的な二つの旋律が互いを照らし、それぞれの陰影を強調しあう。

若かったぼくがこの作品に知識人として生きる覚悟を教えられ勇気づけられた過程は、語り手が元政という人物に自分の分身を見つけて喜ぶ姿勢によく似ている。他の人物の生きかたに類型を見いだして安心するという構図において、読者であるぼくはこの語り手をなぞったのかもしれない。元政の人生を特徴づける資質は成功ではなく、出世でも名声でもなく、幸福だった。静かな安定した暮らしと、詩作と読書、母への恩愛と、少数の友人たち。それだけあれば宿痾にも余裕をもって耐えられる。異性の影もない日々が充実したものになる。

中でも大事なのが文学だ。日本の古典も中国の新傾向も同じように読み、それらと照らし合わせることで自分の文学的資質を明らかにしてゆく。豪徳寺の桜をきっかけに語り手の中で元政への関心が具体化して、本を探し、彼の作品を読み、共感し、自分の生きかたを投影できる人物を見いだす。元政は詩人としては誰もが感服するような傑作を書いたわけではない。語り手がまず引くのは

水月橋辺水月秋　水光月色共悠々
我心如水還如月　月落水流流不流

というようなごく温和な詩であって（ほとんど小学校で習う漢字だけでできている）、ここで称揚されているのは安定した元政の暮らしそのものなのだろう。

その先では陳元贇との出会いをきっかけに国際的な知識人の行き来が語られ、さらには言語を超える詩人同士の影響関係という大事なテーマも導かれるのだが、しかし元政自身はどこまで行っても地味で凡庸なままで、その先駆性は決して強調されない。「性霊」と「模擬」を巡る議論、袁枚から袁宏道に遡る影響関係についての報告も、語り手による私的発見の範囲にとどまる。

その先で、幸福な詩人であった元政の先人たる袁宏道の詩を見れば

石枕刻相思　穠香散幽帖

とか

背燈換溽衣　倩郎収瑠珥

という風なエロティックな詩があるではないか。これについて語り手は「こういう感情の放蕩は、同じ十七世紀の日本の詩人たちは知らなかったように思われる。元政上人は静かな深草の庵の夜に、眠れないままにこのような句を眼の下に見て、恐らく若き日の燃えるような一刻を、記憶のなかから甦らせもしただろう。だが、それをこのような詩句に表現することは敢てしなかったのだ」という。

それは「うまく作られた幸福」を実現することが元政の人生の基本方針だったからだろうか。もともとは彼の姉であった春光院を指したはずの（「稀な幸運の生涯」）この言葉は読者の頭の中でそのまま元政の上に重なる。

文学者としては二流かもしれない。だが、誰もが源実朝やランボーになれるわけではないし、なる必要もない。温和な詩を書き、教養を楽しむ。この楽しむという点において、語り手は元政の日記に基づいた紀行文学を論じて「それにしても、何という数の古典への想起だろう」と嘆じ、「それがいわゆる博引旁証的な重苦しさには行っていないし、ペダントリーの弊にもおちいっていない。実に自由で軽快で、そして教養ある読者と愉しみを共にしようという、サロン風の社交的な心の働きが、純粋な詩心と巧妙に融合していて、まことに感じがいい」という。

サロンという言葉は一つの鍵だ。だから多言が話題になる。書物的であるだけでなく会話的でもある生活。その話題は王陽明と黙斎こと梁仲用の間の愉快なやりとりを引いた上で、元政の実のない反省と「東話西談吟不濃」という苦笑まじりの詩の一行に至る。

若いぼくが誘い込まれたのはこのような世界だったし、だからこの小説を論じながらもついついこうして引用が増えるのだ。

元政の人生は完成されている。多病とはいえ、親愛を捧げた母を看取って二週間の後に果てたところなど、見事というしかない。だから彼に「うまく作られた幸福」を重ねるのも間違いではないと思うのだ。

しかし、それだけではこの話は共感のこもった随筆ないしエッセーで終わってしまうだろう。一方的な論述に異質の要素を導き入れ、衝突の中から興奮を引き出すのが小説という弁証法の装置である。だから、元政とは対照的な楊嬢が登場することになる。

元政が過不足なき中庸の人生を送ったとすれば、楊嬢の方はすべてが過剰か不足、どうやっても一つの器に収まらない。中国とドイツないしユダヤの血統を合わせ持つのと同じように、性格においても彼女はいくつもの矛盾する要素を合わせ持っている。彼女は時として公式主義的な左翼であり、時として浮滑繊佻を好む快楽主義者であり、職業人としては策士の面も持つらしいのに、とても子供っぽい面をなくしていない。このモザイクのような精神とそこから生じる混乱、しばしばの逸脱が彼女の若さなのだろうし、余裕をもって彼女に接している語り手にとっては困惑の種であると同時に魅力でもあるのだろう。

歳を経れば彼女も元政のような円満な性格になるのか、あるいはまとまりを欠いたまま、この魅力を発揮して周囲を巻き込みながら生きていくのか。言い換えれば彼女は「うまく作られた不幸」を脱することができるのか。互いに折り合わない諸要素はやがて調和に至るのか。

結果を知ることを作者は封じてしまった。

大事なのは語り手と元政と楊嬢の間の違いではなく、彼ら二人が共有するものの方である。時代や性やそれぞれの年齢を超えて、精神の型を共にする人々。そういう仲間に出会う喜び。この場合は語り手がまず元政を発見し、次に楊嬢を見つける。彼は現代の国際女優に江戸期の出家した詩人を引き合わせる。二人をつなぐのは精神の型であるから、語り手と楊嬢の間に性的な関係は生じない。「感情的共鳴状態」はあくまでも感情の領域に留まる。

この小説の主題は精神の場での人間関係論である。だから詩人同士の影響が三段階に分けて論じられ、さらにはそれが詩人という枠を超えてもっと普遍的な仲にも適用できると仮定される。最後のところで書き手は「『影響の三段階説』を私自身と楊嬢との関係に適用してみる」任務を放棄している。適用が不可能でないからこそ、それは提案された上で放棄され、読者にゆだねられるのだ。

これは敵意と違和感に満ちた社会において仲間を見いだすことの喜びを主題にした小説である

（若い頃のぼくはその点に強く惹かれた。作者から見ればナイーブな理想の読者だっただろう）。この選別と排除の原理は、ある意味で偏狭で、排他的で、鼻持ちならない。共感しない読者は最初から無視されている。吉田健一は似たような資質を持つ文学者だが、ここまであからさまではなかった。

この種の精神を持つものは周囲と折り合いが悪く、幸福になるのがむずかしい。父を巡る楊嬢の探査行はこの点を巡って展開される。父のドン・ジュアニズムを憎むと言いながら、実は彼女は自分たちのような精神の持ち主にふさわしいのはどのような伴侶であるかを探しているのではないか。さまざまなタイプをそろえたAからEまでの女性たちはそれぞれに異なる稽古事でハインリッヒに接した。生花、碁、焼物、仕舞、そして香道。楊嬢は相続した「舞踏会の手帖」を持って彼女たちを尋ねてまわるのだが、その結果はむしろ生きる苦労を彼女に再確認させるものではなかったか。だから彼女は女たちに会うたびにいらだち、落胆し、悲哀の淵に沈む。そして語り手によってなんとか救われる。

男は女たちを利用する。それが楊嬢の大前提である。自分の父がそうだったし、リルケがそうだったし、元政もそうだったと彼女は断言する。その意味で彼女は少しばかり登場が早すぎた戦闘的フェミニストにも見える。しかし、この前提ないし理論は彼女が会った父の恋人たちによって否定される。今も恨みに思っていて慰謝料を払えと言った者もいたけれど、他のみなはこの外国人との出会いから何かを得ていた。捨てられた恨みを言う者はいない。

それらの恋を書き手はきちんとパターンに沿って分類して記述してゆく。互いの影響の深さを計測する。最後のE嬢とハインリッヒの仲は最も深く「ポオとボードレールとの関係のように、お互いがお互いによってのみ生きられると云うことに」なり、男の方が先に息苦しくなって国外に逃げ出し、E嬢は精神に異常を来した。

楊嬢は父に対する「自分の憎悪を確認したかった」とこれらの会見の目的を説明する。しかし語り手との分析的な会話を通じて彼女は自分の憎悪に根拠がないことを悟りはじめる。語り手は彼女にとってよきチチェローネであった。その導きの成果はこの夜の会話の最後に「しかし、私は愛が欲しいのです。憎悪ではなく愛が……」という率直な言葉となって呟かれる。

語り手による、いかにも知識人らしい、共通の教養を背景にした知的分析は楊嬢の迷妄をほどき、理由なき憎悪を緩解に導くに力あったわけだ。知力の勝利ではないか。

さて、これでぼくは『雲のゆき来』を正しく読んだのだろうか。

最初に読んだ時から四十年もたってから振り返れば、自分もまたまこと知識人として中村真一郎的に生きてきたと思う。時代が変わって人民派から糾弾されることはなくなったし、知識人のままでも左翼でいることが可能になった。

自分が女たちをどう利用してきたか、楊嬢に叱られるようなことをどれだけしてきたか、ぼくはそれを中村さんと話したいと思わないでもない。ぼくと中村さんがそういう話をする傍らに福永がいて、その横に若いままの楊嬢がいて……その場面を想像することは楽しいのだが、ぼくが現世にいる以上、実現はまだまだ先のようだ。

と冗言を並べたところへ、人に頼んで探してもらっていた『遠隔感応』が届いた（という報告そのものが、例えば「その探索の途中で私のもとへようやく『草山集』が到着した」と伝える『雲のゆき来』の一節に重なる。ぼくはこの論の全体が『雲のゆき来』の縮小再生産であるような錯覚を覚える）。

『遠隔感応』は『雲のゆき来』の三年後に刊行された短篇集の表題作で、これも雑誌発表の時に読んでぼくはおもしろいと思った。『雲のゆき来』によく似ている。どちらも遠い詩人への共感と目の前にいる異性への思いという二本の柱から成っており、どちらも京都が舞台で、しかもホテルの部屋の場面が多い。

そしてどちらもが自分の性向というものに徹底して忠実。作者が自分はいかなる者であるかを明らかにするために書いた作品。

それでは動機を単純化しすぎることになるかもしれない。どちらの作も話題はもっと広い。例えば、先ほどのようにサロンというキーワードを多言という面だけで取り上げては、中村真一郎の大きな著述であるところの『頼山陽とその時代』、『蠣崎波響の生涯』、『木村兼葭堂のサロン』の三作をないがしろにすることになる。サロンは中村さんにとって非常に大事な文学と文化の制度だった。しかし、サロンという概念はそのまま俗の海に浮かぶ知の島である。知的な資質を共有する人々が集い、他に対しては閉じた集団を形成する。その最小限の員数は二名であって、それが詩人同士の「影響の三段階」であり、また恋愛である。

『遠隔感応』では京都のホテルに泊まる語り手のもとを、夜ごとある古代の詩人の霊が訪れる。部屋の中までは入ってくることなく、廊下を行き来してやがて去る。その詩人の名は明記されていないから、それが菅原道真であることを知るにはいささかの教養が要る。その詩のいくつかが訳されて提示されているけれど、それは元が漢詩とはわからないほど柔らかな見事な文体だ。

語り手が『菅家文草』か『菅家後集』を読んでいることが一千百年前の詩人を呼び寄せる。そういうことが五夜に亘って繰り返される。これが第一の主題。

五夜ということをきっかけに、語り手の思いは同じホテルで同じように五回に亘って繰り返されたある女との恋の夜に立ち戻る。またも潑剌たる美女との、そしてこちらは楊嬢とは異なって間違いなく肉体を交えた濃密な恋の夜々。こちらが第二の主題。

古人の詩を読むことと、ある女と恋に落ちることがなぜ対置されるのか。語り手はこう説明する

――「古人や遠い未知の外国人の本を読む愉しさと、新たに知り合った女に強い関心を惹かれて行く愉しさという、二つの別の快楽――私の人生にとって本質的なその二つの快楽――の底にある共通点のひとつは、未知の心のなかに入って行くという点にあることは判っている。もうひとつの共通点はいずれも私の美的感覚を刺戟するという点である。だから、本好きと女好きとは、案外、近い本能的衝動に根差しているのだ」。

このような身勝手な主張にぼくは強く惹かれながらも、あるいはその力がとても強いからこそ、精一杯の反抗を試みる。中村さん、あなたが導いてくださる世界は居心地がいい。詩を読む喜びは詩人の魂とコレスポンドする喜びであり、恋もまた魂どうしの行き来の喜びである。生きる喜びそのもの。それはよくわかります。

しかしその一方で人生には、現世には、不快な要素も多々ある。無視してはいけない義務も少なくない。だから心地よいものだけで構成されたあなたの世界にいながらも、いつかはここを出なければならないのだという思いが心の隅の方に湧くのを無視できない。ずっとこのままではいられない。夜ごと盛り上がったサロンはどのように解散したのか。白々とした夜明け、人々はどのような思いで散っていったのか。後朝はいかがであったか。王朝の優雅な恋人たちは、その索漠の先に待つ卑俗なる日常とどのように対面したのか。

ある文学作品を、そこにないものを以て評価するのはフェアではない。他人の作品を読むことの基本原理は共感である。感を共にすること。だから一読者であるぼくはこれだけ元政や菅原道真の詩の魅力に捕らえられるし、楊嬢や「今は遠くに去っているあの女性」に岡惚れすることにもなるのだ。

この二つの作品に限った話だけれども、中村真一郎の世界は危ない。快楽の側にあまりに偏っている。不快な要素を排除することによって成り立っている。形而上の圏内にまで足を踏み入れたヘドニズム。だから熱烈なファンを生む一方で、ちょっと覗いてそのまま帰ってゆく者も少なくなかっただろうと想像する。その連中の反発も理解できる。詳細を知るわけではないのだが、『恋の泉』論争とはそういうことではなかったのか。

先ほども書いたとおり、『遠隔感応』の成功の理由の一つは道真の漢詩の見事な和訳にある。古代の文学が描いた光景をこのようにリアルに再現する訳はなかった。例えば——

玉を繋ぐ細い糸筋のような月の光が風の吹き行く先に描き出され、
沈み行く日脚に赤らむ空に銀泥で月が文字を書きはじめる……

という二行は夕方の情景を描いている点で『中村真一郎詩集』内の四行を思わせる。あの四行が詩集ぜんたいでいちばんいいですねとぼくが言った時の中村さんの表情。あれは七割の肯定であったと思うけれど、このような思いもまたあまりにサロン的なのだ。

洪水の夢流す遠い空から
夕べは今離れ落ちる羽のやう
船は帰る黝む海乱す模様
帆の蔭に眠り光る魚《うを》のうから
（思潮社版『マチネ・ポエティク詩集』１４６）

さて、このような共感に本当に身を任せてしまってもいいものかどうか、ともう一度考える。ぼくという読者は作家・詩人中村真一郎に対して少なからず特権的な位置にいたと思う。ともかく本人を知っていた。実際にお目にかかったのは生涯ぜんぶ合わせても十回くらいではなかったか。しかしわれわれの間には我が父なる福永武彦がいたし、マチネ・ポエティクの仲間として原條あき子がいて、こちらはぼくの母だった。しかもぼくは詩を書いて小説を書いて世を渡るという、中村さんと同じような人生を送ってきた。

そういうことぜんぶを含めて、ぼくは中村真一郎の文学と生きかたに強い共感といささかの反発を覚える。知識人の島を出なければと思う。こちらが勝手に選んだことながら中村さんはよき師であり、反面の師であった。

それを明らかにした上で、なおもしばらくぼくは中村真一郎の快楽に浸っていたい。例えば、王朝的な官能の喜びに満ちた道真の詩のこの訳など——

舞姫たちのなめらかな肌はどうして薄衣にさえ耐えないように見えるのか。春の気色が腰のまわりに満ちているからだと？　嘘をおっしゃい！舞が終ってその化粧が崩れかかり、珠の手箱を持っているのも懶《ものう》そう、後宮へ通ずる白い小門までのわずかな数歩さえ耐えられそうにない。彼女たちの媚びの眼くばせは、繰り返し押しよせてくる波に風が乱れるようくるりと舞う身体からは、晴れたあともまだ飛び散る雪のようなものが……花のあいだに日が暮れて、フルートの音が消えた。仙人は微かな雲を遠く見て、遥かな洞穴に帰って行くだろう……

宮廷の舞踏会の後。まるでブロードウェイかウェストエンドのミュージカルの一場面のよう。なんと大胆な訳。これが中村真一郎の文学的営為の最良の成果と言ったら、中村さんはまた七割肯定のあの表情をしないだろうかとぼくは夢想してみる。

父との仲と『風のかたみ』

「文藝春秋」臨時増刊号 2006・10

昔、吉行淳之介さんがぼくにこう言ったことがある――

「女は父親のことを書いて登場するけど、男はオヤジのことを隠して出るよな」

吉行さんとぼくには、作家の父を持つ作家という共通点があった。「女は……」という時に吉行さんが念頭に浮かべていたのは森茉莉さんや幸田文さんや萩原葉子さんであって、「男」はぼくたちだ。

親がある業界で知られていて、子が同じ分野を目指す場合、親の名に積極的に依るか否かという選択を子は強いられる。

清少納言は歌の家に生まれた。曾祖父の清原《きよはらの》深養父《ふかやぶ》は、百人一首の三十六番「夏の夜は　まだ宵ながら　明けぬるを　雲のいづこに　月宿るらむ」で知られた歌人。彼女の父の清原元輔も百人一首四十二番「契りきな　かたみに袖を　しぼりつつ　末の松山　波越さじとは」の歌人。

こういう時、子供は本当にやりにくい。彼女が仕えた中宮定子のサロンでも、妙に期待されていると思うとすぐには歌が出ない。そこのところを中宮がからかう——

「元輔が　後裔《のち》といはるる　君しもや　今宵の歌に　はづれてはをる」

すると彼女は当意即妙で返しをするのだ——

「その人の　のちといはれぬ　身なりせば　今宵の歌を　まづぞ詠ままし」

そうでなかったらすぐにも詠むのですが。

ぼくは幼い時に両親が別れたために父と暮らした記憶がない。本をよく読む文学少年としてある程度まで育ったところで、上から作家としての父の名がかぶさってきた。感覚的には伯父くらいの位置。

今になって振り返ってみると、若い頃のぼくは小説を書きたいという思いを抑圧していたようだ。

その心理を辿ってみれば——

一　小説が書けたらすばらしいが、それはとてもむずかしいことだ。これまで読んできたような傑作が自分に書けるとは思えない。

二　迂闊に手を出して失敗すると自分の能力をそれっきり見限ることになる。人生ですることがなくなってしまう。

三　だからしばらくの間はそれについては考えないことにする。

というものだった。要するに臆病なのだ。

しかしこのような心理の背後に父の存在があったことは間違いない。未熟な腕でのこのこ登場して親と比べられたらたまらない。ここのところは清少納言の場合と同じだから、単純に男と女に分類する吉行仮説は少し修正の必要がある。

父が書いたものは十代にほとんどぜんぶ読んだ。その後の新作も出るたびに読んだ。二十代の前半には年に数回は会っていたが、その折に父の仕事についてぼくが何か言うことはなかった。それでも父の作品群はぼくの中に一つの規範としてあった。

ぼくは別の規範を選び取ろうと、もっぱら欧米の文学ばかり読んだ。同時代の日本文学でぼくが惹かれたのは丸谷才一氏や辻邦生氏など、欧州系の文学を土台に構築された新しい系統だった。しかし父はこの流れの先駆であり、その前には堀辰雄がいたわけだから、そんなに父と距たった路線だったわけではない。丸谷さんや辻さんは父と親しかったし、父に対するぼくの姿勢は屈折しつつもつながっていたとも言える。

父は一九七九年に亡くなった。その四年前、ぼくがしばらくギリシャで暮らすと決めて日本を出る直前に会ったのが顔を見た最後だった。その時ぼくは三十歳で父は五十七歳だった。一九七八年に帰国してから父が没するまでの間に会う機会はなかった。父はギリシャで生まれた孫娘の顔を見ずに死んだ。

ぼくが小説を書いてみようと思い立ったのはそれからだ。後に『夏の朝の成層圏』というタイトルで発表することになる長篇を構想し、四年かけてゆっくりと仕上げた。『スティル・ライフ』で芥川賞を得たのは父の死後八年を経てのことだった

だから、父が亡くなったからぼくが小説が書けるようになったのは明らかだ。彼が長寿だったらぼくはどうなっていたことか。

さて、その福永武彦の作品だけれども、実をいうとこの二十年ほどほとんど読んでいない。読もうとするのだが、何かが邪魔をする。とても読みにくい。

福永のような誠実な作家の場合（作家について「誠実な」というのは必ずしも賛辞ではないと思っていただきたいのだが）、心と作品の間の距離が近い。だからあの文章を読んでいると当人が肩越しに覗いているようで、それがなんとも鬱陶しい。その一行を書いた時の作者の意図と情意がそのままこちらの心に流れ込むようで、息が苦しくなる。

つまり、骨格が似ているように（周囲にいた人々に言わせると、ぼくと父は骨格が似て、お辞儀のしかたが似て、声が似ているのだそうだ）、親子はある程度まで心の形も似ているのだ。その上で違うところは違う。だから重ね合わせは減算的に作用して違和の部分ばかりが気になる。なまじ似ているだけに突き放せない。自分ならばこうは書かなかったと思うけれど、それは少なくとも同じようなテーマを似たような手法で書く用意はこちらにもあるということだ。

文学的な影響という点では父よりずっと大きなものをぼくに残した母の方に対しては、父との間にあったようなコンプレックスは何もない。母は詩人であったが、このことはぼくにとって何の障害でもなかった。ぼくは母を最適の距離で最後まで愛することができた。父の場合のように重ねると突き放すの間を往来することはなかった。

例えば福永の『忘却の河』。夫と妻と二人の成人した娘たちそれぞれの、もっぱら家庭の外へ向かう愛を短篇の連作で書いたこの長篇がなかなか読めない。読み進めると、一つ一つの表現や描写に対して共感と反発が同時に襲ってくる。愛を失う辛さに対して、そこは少し違うと言いたくなる。『風土』でも『草の花』でも『海市』でも同じこと。自分の心のガードを外すことができない。

そこで今回、最も与しやすそうな作品として『風のかたみ』を選んでみた。第一にこれは平安朝の時代劇であり、娯楽性を計算に入れて書かれた作品であり、土台にしたのは『今昔物語』という日本文学には珍しい男性的な古典である。これなら読めるだろう。

この予想は当たった。おもしろかった。

信濃の郡司の次男である次郎信親が都に上って宮仕えをする。この爽やかな青年には武術だけでなく笛の達人という一面がある。この設定はみごと。

その先はたくらみと恋、幻術、野心と諦念、一人二役、などが絡み合って、あの時代の風俗描写も手伝って、充分に読者を引き回してくれる。必ずしも男性的なばかりではなく、女房文学に似た面も色濃いけれど、エンターテインメントとしての組み立てには緩んだところがない。そして、そういう技術についてはぼくも安心して嘆賞することができる。うまいものだと感心する。

その上で、これもまた片思いの連鎖の話だと気づく。萩姫は安麻呂に恋をし、次郎は萩姫に恋をし、楓は次郎に恋をする。そこに横恋慕の悪党どもが絡む。安麻呂はただの愚物。エンターテインメントではありながらハッピー・エンディングにはなりようのない話。

福永武彦の小説に、もしも長篇だけと限った場合、ハッピー・エンディングはあっただろうか？すべての愛は片思いであり、相愛の成就はあり得ない。あれほど恋愛小説ばかり書いた作家は、実は最初から最後まで恋愛の不可能を書こうとしていたかのようだ。

ということに気づいてぼくは再び父を突き放そうとしているのだが、しかしもちろん本当に突き放すことはできない。この先も彼はずっとぼくに付きまとうだろう。読めないといいながらぼくは少しずつ彼の作を読むだろう。

ぼくはこの十二月で六十一歳四か月という父の享年を超える。

振り返った時の思いは、この小説の軸となる贋作（あるいは藤原定家からの素朴な本歌取り）の和歌に重なる――

「跡もなき　波行くふねに　あらねども　風ぞむかしの　かたみなりける」

今、『忘却の河』を読む

福永武彦『忘却の河』（新潮文庫）解説 2007・9

この小説が発表されたのは昭和三十九年のことである。一九六四年だから、もう四十年以上の昔になる。この間に日本の社会は大きく変わった。その変化を踏まえた上で、この作品が今と未来に持つ意味を考えてみよう。

この話の一章と七章の語り手である初老の男はかつて出征している。つまり第二次大戦に兵士として参加している。これは三十代で戦争に行った男が五十五歳になった時期の話なのだ。

では当時と今では何が変わったか。まずは消費。四十年前の日本人はずいぶん貧しかった。社会はそれを自認し、節約が奨励された。誰もがつましかった。今は消費がというか、むしろ浪費が推奨されている。みんながものを買って使って捨てなければ経済は回らないと言われる。こういうことは社会の雰囲気をずいぶん変えるものだ。

男は（彼には藤代という姓があることがやがてわかるけれど、自分から名乗っていない以上、ここでは夫であり父である彼を「男」と呼ぼう）、小さいながら会社を経営しているのだから、貧しさはこの話の表には現れない。戦後の混乱期に家族を養うために彼がどれほど身を粉にして働いたかという愚痴は出るけれども、自宅に住んで住み込みのお手伝いさんを雇うこの家族の暮らしは安定している。

性に関わる倫理観も大きく変わった。四十年前、人々は今より貞節だった。もちろんどの時代にも奔放な人はいたけれど、その比率が今よりはずっと低かった。恋愛は必ずしも性的な交渉を伴わず、性への一歩を踏み出すには今以上の決意が要った。だから藤代家の二十代の娘二人はどちらも処女であるらしい。ぼくがここに書いた処女という言葉にまつわる恥じらいの喪失がこの四十年の変化を示している。

家庭というものの雰囲気も変わった。男は自分なりに妻に気をつかい、娘たちを愛していると言うけれど、しかし父としての彼はずいぶん不器用で、言うことはしばしば家父長的、つまり権威主義的である。だから今の読者から見れば、この話の中で家族は人を束ねる制度であって親密な暮らしの場ではないかの如《ごと》く見える。なぜこれほどコミュニケーションがむずかしかったのか。

いや、この家族の場合、事態はもっと深刻だった。彼は「家庭では私は、妻にとっては身勝手な人、いい気な人、冷たい人であり、娘たちにとっては一家の象徴というだけの存在だった」と自ら語る。つまり、昔の家庭だから父親が権威主義的だったのではなく、いくつもの理由があってこの家庭は冷え切っていたのだ。

時として家庭は冷えるものであり、人は苦しみつつもそれに耐えるものだ。それは今も昔も変わらない。暮らしや風俗は変わっても、心の深いところでは今も四十年前も人の心は変わっていない。それを言うならば千年前とだって変わっていないし、だからこそぼくたちは今も『源氏物語』を読むことができる。

では、この小説の中心にある主題は何か？

魂としての人間。

人には一つずつ魂があり、それがその人のいちばん核の部分であり、家族の中の立場や社会的地位などはその外側に付加されたものでしかない。むずかしいのは周囲に付加されたものを越えて魂どうしで思いを伝え合うことだ。その困難を孤独と呼ぶ。

ぼくは昔からある一枚の図柄に捕らわれている。絵として見たわけではないのに、ずっと頭の中に常住している。それは無限に続く平原に無数の塔が立っていて、ぼくたち一人々々はそれぞれの塔の屋上にいる、というものだ。魂は人格という塔の中に捕らわれている。そこから魂を解放するのは容易ではない。

隣の塔にいる者の姿は見える。声を掛ければ返事が戻ってくる。長い会話も可能だし、その相手を好きと思うこともある。しかし、その人を抱擁するためには塔を降りて地面に立たなければならない。その時こそ愛は確かなものとなるのだろうに、塔を出る勇気はなかなか湧《わ》かないのだ。妻と夫においても、親と子においても、その困難は変わらない。

これが人間のありかたである。愛の成就《じょうじゅ》にはいつも困難が伴う。

『忘却の河』では親たち二人にとって過去が重い。二人の娘たちは未来への踏み出しかたがわからなくて戸惑っている。姉の美佐子は母の介護に縛られており、妹の香代子は自分の出生の謎《なぞ》を重い課題として抱いている。二人とも安定した仲の恋人を持っていない。彼らの塔の下の階にはさまざまなものがしまい込まれている。それが塔から出ることを妨げる。

過去とは何か？ 人は生きてゆく途上で罪を負う。まずは自分一人の安泰を求めるのは生きる者として当然だが、それが周囲の誰かを傷つけることがある。エゴイズムから逃れることはできないし、時にはそれが死という取り返しのつかない結果に至る。そういう経験が罪の意識として、あるいは穢《けが》れとして、塔の下の階に残ってゆく。外に出ることはいよいよ難しくなる。

キリスト教徒ならば、罪は神に向かって告白すべきことだ。神が遠いならキリストや聖母マリアや聖者たちが仲介してくれるだろう。罪には悔悟で応じることができる。応じるというのは不謹慎かもしれないが、ともかくキリスト教徒は罪の意識を人生の重荷として理解し、それに対する手段を講じようとした。

この小説の作者である福永武彦の母方の一族は日本聖公会の信徒であり、母は伝道師だった。七歳にして死別した母であったけれど。作家が幼時からキリスト教に近い雰囲気の中で育ったのは間違いない。しかし彼は一度はこの信仰に背を向ける。『草の花』の主題である藤木への愛はすべての意味でプラトン的だし、その妹の千枝子との仲を裂くのは戦時中のキリスト教徒の妥協的なふるまいに対する主人公の批判である（この主題は作家の中でずいぶん重いものだったらしい。だから『心の中を流れる河』などにも登場する。社会的関心が薄いと思われたこの人にあって、これは再考に値する主題だ）。

そうやってキリスト教から離れた後も、彼は魂のことを考え続けた。生きることは罪を負うことであるとしたら、その解決はどこにあるか？　何がその罪を贖《あがな》い、何がその穢れを清めてくれるのか？

この小説の構成は巧みで、主人公を異にする短篇の連作を読んでゆくうちに読者は家族一人一人の心に入り込み、そこにあるそれぞれの根源的な苦悩を知ることになる。ほぼ一年の月日のうちに彼らの運命は変わる。話の終わりの段階では一人は亡《な》くなり、一人は婚約し、父と娘たちは和解を遂げるに至る。

父である男と娘たちの和解を司《つかさど》るのは子守歌が導く日本の田舎の民俗的な信仰である（この和解の場には亡き妻もそっと立ち会うかの如《ごと》くだ）。彼は若い時に死なせてしまった恋人への思いに憑《つ》かれている。それゆえに愛の確証もないままに結婚し、妻となった女を幸福にできなかったと思っている。これが彼の魂が負っている罪であり穢れであった。

「私は基督教《キリスト》でもなく仏教でもない一つの穢れとしての罪を感じていた。救済と済度とかいうのではなく、この罪から逃れたいと悶《もだ》えていた。この罪、それは神によっても仏によっても消すことの出来ないものであり、ただ彼女だけがそれをゆるすことが出来るように感じられる罪である。彼女と、そして生れることもなくて彼女と共にその胎内で死んだ私の子供とが、この賽《さい》の河原に於《お》いて、私をゆるしてくれるかもしれないような罪である」と彼は言う。この「彼女」とはずっと昔に彼の子を孕《はら》んで死んだ恋人のこと。

長い話を読んできた読者は、ここに至って一種の納得とカタルシスを覚えるだろう。われわれ日本人は（と言っていいと思うのだが）、自分の心象を周囲の地形や風景の中に投影することによって自分が何者であるかを確認する。この小説の前景にあるのは都会の生活だけれども、背景にある風景は川であり海である。水が清めるのだ。いうまでもなく、カタルシスとは浄化の謂《い》いである。

「忘却の河」は一章の扉にあるとおり「死者はこの水を飲んで現世の記憶を忘れるという」冥府《めいふ》の河だ。キリスト教以前の古代ギリシャの神話に由来するものである（この神話をキリスト教は洗礼という形で取り込んだのではないか。信徒になる前と後を水による清めで区切ったのではないか）。

福永武彦の作品には水の風景が幾度となく登場する。そこには『心の中を流れる河』があり、海の蜃気楼《しんきろう》を背景にした『海市』があり、水郷と呼ばれる柳川を舞台にした『廃市』があり、ベックリンの絵を引いた『死の島』がある。

日本文学の古典の中に、『古事記』と同じくらい古くて、しかしほとんど人に読まれることのない、祝詞《のりと》というものがある。この列島に生きる人々の世界観・宇宙観が祈りの形でそのまま現れている。その一つ、「六月晦《みなづきつごもり》の大祓《おほはらひ》」は水による浄化をこう表現している。まずは人の世のあらゆる罪が集められる。ここに言う罪は穢れに近い。次にその罪は――

「遺《のこ》る罪《つみ》は不在《あらじ》と　祓　賜《はらひたま》ひ清　賜　事《きよめたまふこと》を　高山之《たかやまの》末《すゑ》短山之《ひきやまの》末《すゑ》より　佐久那太理《さくなだり》に落多支都《おちたぎつ》速川《はやかは》の瀬《せ》に坐《ま》す瀬織津比咩《せおりつひめ》と云神《いふかみ》大海原《おほうなばら》に持出《もちいで》なむ　如此《かく》持出往《もちいでいな》ば　荒塩之《あらしほの》塩《しほ》の八百道《やほぢ》の八塩道之塩《やしほぢのしお》の八百会《やほあひ》に坐《ま》す速開都比咩《はやあきつひめ》と云神《いふかみ》　持可可呑《もちかかのみ》てむ　如此《かく》可可呑《かかのみ》ては　気吹戸《いぶきど》に坐《ま》す気吹　主《いぶきどぬし》と云神《いふかみ》根国底之国《ねのくにそこのくに》に気吹放《いぶきはなち》てむ。如此《かく》気吹放《いぶきはなち》ては　根国底之国《ねのくにそこのくに》に坐《ま》す速佐須良比咩《はやさすらひめ》と云神《いふかみ》　持佐須良比《もちさすらひ》失《うしなひ》てむ」

罪は神々のリレーによって川から海へ運ばれ、そこから根の国・底の国に放たれ、最後には消滅する。これが昔からこの列島に住んだ人々の罪＝穢れの始末のしかたтака だった。

作者は七章の扉に柳田国男を引用する――「我々は皆、形を母の胎に仮ると同時に、魂を里の境の淋《さび》しい石原から得たのである」。これがこの小説が依《よ》って立つ基本の思想であるのは、この章が

「賽の河原」と名付けられていることからも明らかだけれども、本当はそれ以上に折口信夫《おりくちしのぶ》のあの呪術的な魅力を持つ論文「妣《はは》が国へ、常世《とこよ》へ」の影響下にあるのではないかと想像する。

最後に申し添えれば、福永武彦はぼくの父である。だから、折口の影響についても本当なら生前に聞いておくべきだったのだが、しかし父との縁《えにし》はまこと薄いものだった。ぼくと父が生活を共にしたのは乳児の時に一年ほどしかない。青年期に再会して、年に数回会う時期が十年以上続いたけれども、父の晩年にあたる四年間は会わないままだった。父の死からもう二十八年になるし、父の周辺にあって父とぼくをつないでいた人々も多くは亡くなった。ぼくは今は父の享年を超え、同じような職業についている。

息子であるぼくがこういう文を自分の本に添えたと知ったら父がどんな顔をするか、見てみたいと思うけれども、それはこの世でかなうことではない。

しばらく雪沼で暮らす

堀江敏幸『雪沼とその周辺』（新潮文庫）解説 2007・8

一冊の小説を読むというのは、その間だけ別世界に居を移すことである。

『細雪《ささめゆき》』を読む者はその間は戦争前の芦屋《あしや》に行っている。蒔岡《まきおか》家の四姉妹と彼女たちを取り巻く家族の間に身を置いて、波乱に満ちたしかし幸福な時間を過ごしている。『パルムの僧院』を読む間、人はコモ湖のほとりの小さな公国に仮住まいして恋と権謀術数の歳月を送っている。

雪沼でも同じことが起こる。

読者はこの小さな町の住民になって、みんなの生活をそっと見るのだ。住民ではなく天使かもしれない。町の人々の生活に干渉することはない天使。ただ見ているだけ、あるいは大事な局面に立ち会うだけの透明な存在。

今ここでぼくは生活と書いた。暮らしでもいいし、人生でもいい。あるいは生きていくこと。それがこの短篇集のいちばん大事な素材である。フランス語でいう la vie、英語でなら life、ドイッ語でいうところのLeben、それぞれ一語であるものを日本語ではいくつもの言葉でそっと優しく包囲するように表現する。

(本当はこの本に解説なんかいらないのではないか、とこれを書きながらぼくは考える。この先は余計なことではないか。ぼくもまた作家であるから、この優れた一冊を前にして、どういうからくりで作られているのかと興味をそそられ、精巧な機械をばらばらに分解してしまうかもしれない。一種のリバース・エンジニアリングになってしまったら、読後の感動にひたる読者は白けるのではないか。そう思いながら筆を進める。本文を読むのに役に立つ「解説」ではなく、「付録」だと思っていただきたい。)

雪沼は優しい。

時代遅れで、静かで、品がいい。

この町には住む者を脅かすものが少なく、人は現代的な新製品や開発やブームやキャンペーンや資本の攻勢から一歩離れたところで暮らしている。今もってスーパーマーケットではなく個人商店の町。

それでは退屈ではないかと都会の者は思うかもしれないが、しかし実はここでの暮らしにはドラマティックな起伏もあるし、豊かな感情にも満ちている。派手な激情ではなく、もう少し穏やかで、しみじみとしたもの。

なぜならば人とはもともとそういうものだから。これをノスタルジアと呼ぶべきではない。人の本来の姿への回帰なのだ。

この七つの短篇はみな登場人物の人生がふと変わる瞬間を捕らえて、その瞬間から過去へ戻り、彼ないし彼女のそれまでの人生を鳥瞰《ちょうかん》する形になっている。作者はその時が来るのを彼ないし彼女の傍らでじっと何年も忍耐強く待っていたかのようだ。

その時が来ると、現在の背景に過去が透けて見える。彼らの人生には荒々しい要素もあるけれど、それらはみな過去に属するものであって、現在では充分に風化している（たとえば「送り火」の少年の事故）。

この七つの話に登場する雪沼の住民たちに読者は共感を覚えるだろう。感情移入というほどではなく、まして手に汗を握るわけではないけれど、彼らの人柄に安心して親しいものを覚えるだろう。それは、彼らがひとしなみに篤実《とくじつ》という資質を備えているからだ。「河岸段丘」の田辺さんは「朝いちばんでと納期を指定されたら、雨が降ろうが風が吹こうが、万難を排して朝いちばんで届けてきた」という具合。

あるいは得意先の老人が作ったとんでもなくまずい麵《めん》を、そもそも麵は苦手で普段ならばぜったたいに食べないものであるにもかかわらず、「これは麵であって麵ではないと言い聞かせながらいかにもうまそうに」食べる「ピラニア」の相良さん。

書道塾の先生である陽平さんは、話の始まりではあまり魅力ある男性ではないかのように描かれる。しかし読者はまもなく絹代さんが歳《とし》の離れた彼の妻であることを知らされる。どういう過程を経てそうなったのか、陽平さんにはどんな隠れた魅力があったのか、読者は大いに好奇心をそそられて読み進み、やがてこの好奇心はきっちり満たされる。密やかな愛の経緯を知って、読者はこの夫婦のありかたに心から納得する。ここで鍵《かぎ》となるのもまた陽平さんと絹代さんの篤実な性格だ。

この短篇集では人と人の仲はどちらかといえば淡い。それを補うのは人と道具の仲である。堀江敏幸は道具を書いて当代一の名人だとぼくは思っている。量産品ではなく、長い間ずっと使ってきて持ち主の肉体になじんだ、よしみを通じる仲となった道具。「スタンス・ドット」ならば「ブランズウィック社製の最初期モデル」のピンセッター。「河岸段丘」では脚のボルトのわずかな締め具合の差がすぐ使い勝手に出るような段ボール裁断機。また「レンガを積む」の「木製サイドボードのようなその三幅対のステレオ装置」。ぼくでも懐《なつ》かしく思い出す、トリオかサンスイか、今では音響メーカーとしては存在しなくなったブランドの、出力管も300BやKT88のような伝説的なST管・GT管の名品ではなく、たぶん汎用《はんよう》的なMT管の6AR5、というような装置（と書きながら、ぼく自身が昔に引き戻されている）。

人と人の仲はどこまでも崩れていきかねない。だから作者はその間に道具を配置して人生というシステムの安定性を確保する。いわば定点に杭《くい》を打つ。陽平さんと絹代さんの間をつなぐのは筆と硯《すずり》と墨であり、由くんには自転車があった。今の絹代さんは石油ランプのコレクションに身を託している。

道具は誠実である。道具は人の期待に応《こた》え、それがかなわぬ時にはちゃんと故障して窮状を訴える。直せば元に戻る。その分だけ仲はより深いものになる。かくして人と道具は長い歳月を共に歩むことができる。新製品の出番はない。

道具に最も多く依存する職業は、いうまでもなく職人。「スタンス・ドット」の無名のボウリング場主も、「河岸段丘」の田辺さんも、「送り火」の陽平さんも、「レンガを積む」の蓮根さんも、「ピラニア」の不器用な料理人の安田さんも、人を相手にする時に道具の媒介を要するという意味で職人ではないか。信用金庫という対人的な仕事のはずの相良さんでさえ、どこか人に対して不器用でその分だけ職人的に見える。彼らを作者が「さん」付けで呼ぶだけの敬意には根拠がある。

七つに共通の話の舞台が雪沼。話の間には相互に連携がある。雪沼の北山の斜面にあるスキー場のことは「イラクサの庭」や「レンガを積む」や「緩斜面」に出てくる。「送り火」の絹代さんが通った「雪沼の坂にあった風変わりな西洋料理教室」はまちがいなく「イラクサの庭」の小留知《おるち》先生がやっていたところだ。

のだとわかる。

この細い連携の糸によって読む者は雪沼というコミュニティーの広さと住民同士の淡々とした行き来を知ることができる。このサイズの町では人と人はこれくらいの距離をおいて知り合っているのだとわかる。

職人は手の跡を消す。一見して静謐《せいひつ》な読後感の背後に作者の策謀と技巧が隠されている。例えば、「レンガを積む」はとても巧妙に作られた英雄譚《たん》だ。

主人公の蓮根さんは特異な資質を持ちながらも、その一方で大きなハンディキャップを負って人生を送る。これはほとんど神話の構図である。

特異な資質とは、レコード店の店員として店内に来た客の風体からその好みを察知して、それに合わせた曲を店内に流して買わせる力。そんなことができるのかと読む者は考える一方で、そういうレコード店員は実在するかもしれないとも思う。小説の作者はその作品の中では全能であるから、彼ができるといえばすべてできるのだ。

ハンディキャップの方は背が低いこと。社会は平均的な人々に合わせて設計されている。それを外れる者はなにかと不便を感じるし、背が低いことは異性に対する魅力の欠如となりかねない。日本人は標準化が好きだから、日本ではとりわけこの種のハンディキャップは影響が大きい。

だから彼は特異な資質によって都会で成功するものの、母の縁で一人で帰郷することになった末、反都会的な基準に沿った理想のレコード店を経営することになる。ハンディキャップを冗談にできるだけの余裕を持つ。ここまでが過去であり、その充足ないし幸福を象徴的に語るエピソードがレンガを積む現在なのだ。落語的な交友が引き出す最後の一行は、まさに職人としての作者の達成を示すものだろう。

　しかもこれは耳と音の話であり、その点で「スタンス・ドット」の主人公に通じている。雪沼の地下にはこういう水脈が縦横に走っている。


　では、雪沼はどこにあるか？

　かつて正徹《しょうてつ》は「吉野山はいずくにありや」と自ら問うて、それは歌の中にしかないと自ら答えた。歌枕《うたまくら》というのはそういうものであり、文学作品の舞台となる土地はいずれもある程度まで歌枕である。

　日本の地名で「雪」を冠したところは希《まれ》だ。県名にも大きな都市の名にもない。本来「雪」は地名に選ばれる語ではないらしい。山や川、田や野や谷などの地形を示す言葉と違って、雨や風などの自然現象は地名になりにくい（たぶん同じ理由から姓に使われることも少ない）。

　二十年以上の昔、ぼんやりと道路地図を見ていたぼくは、「雨崎」という小さな地名を見つけた。雨が付く地名は珍しく、それにずいぶん詩的だと思ったから覚えておいて小説の中で使った。日常的でない行為の場としてこの地名は効果があった。

だから雪沼はないだろう。日本人の自然観からは生まれるはずのない地名なのだ。

それを承知で命名された幸福な雪沼は、やはり作者のたくらみの産物、今の日本にはあり得ない場所である。

あとがき

この十年ほどの間に書いたエッセーの類を二冊にまとめるということになった時、やはり何か対になったタイトルが欲しいなと思った。

世に対になったものは少なくないが、いざ探してみるとなかなかいいものが見つからない。ペテロとパウロでは伝道の書みたいだし、伯夷と叔斉も立派すぎる。もっとあっさり乾と坤とか宇と宙というのもあるが今ひとつイメージがくっきりしない。かといって陰と陽としたのではきっと陰の巻が売れないだろう。

そこまで考えた時、ふと宗達のあの絵が浮かんだ。風神と雷神。あれほどはっきりしたイメージは他にない。なんといっても元気だし、しかも滑稽味があってにぎやかだ。

あの構図、真ん中がすぽんと空いているところがまた好ましい。日本画は空間の扱いがまことにうまいものだが、あの場合はそれが格別。

で、なぜ真ん中の空白が大事か。ぼくにとっていちばん力を込めるべき仕事はエッセーではなく創作である。本業は小説と思っている。だから、風神と雷神の間の空っぽを見ていて、ここに入るべきは自分がこれから書く小説であると気づいた。その神はまだ到来していない、という感じがいではないか。二神は脇侍、いずれはこの二冊の間によくできた大長篇小説が本尊として降臨する、という展開を期待しよう。

二冊の内容にさほど歴然たる違いがあるわけではない。風神の方には人に近い内容のものをおさめ、雷神の方には本や映画などモノを扱う文章を収める、という程度か。

執筆の時期に十年ほどの幅があるから、時代おくれになったものもあるかもしれないが、大筋のところで間違っていなければそのまま収めることにした。過去の自分を修正してはいけない。また二つの文章に同じ話題が登場する場合もあるけれど、これもそのまま残すことにした。日付のある文章というのはそういうものだ。

二〇〇八年九月　フォンテーヌブロー

池澤 夏樹

著者略歴

(いけざわ・なつき)

1945年北海道帯広市に生れる．埼玉大学理工学部中退．75年から3年間ギリシャに暮らし，以後沖縄に居を移し，現在はフランスに住む．1987年「スティル・ライフ」で中央公論新人賞と芥川賞，『マシアス・ギリの失脚』で谷崎潤一郎賞，ほかにも受賞作多数，近著に『静かな大地』『光の指で触れよ』『星に降る雪／修道院』がある．他に，『池澤夏樹詩集成』『ブッキッシュな世界像』『読書癖 1-4』『母なる自然のおっぱい』（読売文学賞）『ハワイイ紀行』『世界文学を読みほどく』『星の王子さま』（翻訳）『イラクの小さな橋を渡って』など．現在，個人編集で『世界文学全集』を刊行中．

池澤夏樹

風　神　帖

エッセー集成 1

2008 年 10 月 20 日　第 1 刷発行
2008 年 12 月 10 日　第 2 刷発行

発行所 株式会社 みすず書房
〒113-0033 東京都文京区本郷 5 丁目 32-21
電話 03-3814-0131(営業) 03-3815-9181(編集)
http://www.msz.co.jp

本文印刷所 理想社
扉・表紙・カバー印刷所 栗田印刷
製本所 誠製本

ISBN 978-4-622-07371-0
[ふうじんちょう]